Océlotl

OCÉLOTL

El último sacerdote de Anáhuac

Jaime Montell

Grijalbo

Océlotl
El último sacerdote de Anáhuac

Primera edición : julio, 2013

D. R. © 2013, Jaime Montell

D. R. © 2013, derechos de edición mundiales en lengua castellana:
    Random House Mondadori, S. A. de C. V.
    Av. Homero núm. 544, colonia Chapultepec Morales,
    Delegación Miguel Hidalgo, C.P. 11570, México, D.F.

www.megustaleer.com.mx

Comentarios sobre la edición y el contenido de este libro a:
megustaleer@rhmx.com.mx

ISBN 978-607-311-694-7

Impreso en México / *Printed in Mexico*

Para Ana, a quien tanto le debo

Tal vez a nuestra perdición, tal vez a nuestra destrucción,
Es sólo adonde seremos llevados.
¿A dónde deberemos ir aún?
Somos gente vulgar,
Somos perecederos, somos mortales,
¡Déjennos pues ya morir,
Déjennos ya perecer,
Puesto que nuestros dioses han muerto!

MIGUEL LEÓN-PORTILLA, *El reverso de la conquista*

Nota del autor

La presente obra no pretende apegarse al formato estricto de la novela —en buena parte podría ser catalogada como narrativa histórica—, tan sólo intenta darle un giro que pudiera hacerla más amena para el público en general, sobre todo a aquel al que le interese explorar este momento de nuestra historia.

Su propósito es tratar de responder a la pregunta principal que me llevó a escribirla: ¿cómo fue posible que un puñado de religiosos españoles, básicamente frailes, lograran "convertir" al catolicismo a millones de indígenas en un tiempo tan corto, sobre todo teniendo en cuenta que los nativos de estas tierras eran ajenos a la manera de pensar europea?, y también a algunas preguntas secundarias, derivadas de la principal: ¿qué métodos emplearon?, ¿qué tan fuerte fue la resistencia que encontraron? y ¿qué tan auténtica fue esa conversión?

El número de religiosos era pequeño. Motolinía menciona sesenta sacerdotes franciscanos presentes en la Nueva España en 1536; en 1559 se habla de trescientos ochenta de esa orden, incluyendo hermanos legos y novicios; hacia fines de siglo tal vez fuesen un millar.

Mi intención es compartir con el lector los resultados de esta investigación de una manera sucinta, clara y grata, respetando siempre el contexto histórico.

Algunos de los protagonistas que se mencionan están inspirados en personajes reales, como fray Juan de Zumárraga, Hernán Cortés, fray Pedro de Gante, fray Andrés de Olmos, etc. El personaje principal, llamado Océlotl (Juan Ucelo por los españoles), se basa en la figura de Martín Océlotl, y en el juicio que se le siguió, al igual que su hermano Mixcóatl[1], he utilizado cierta libertad proporcionada por el formato novelesco. El juicio y condena del tlatoani de Texcoco, don Carlos Ometochtzin, hijo de Nezahualpilli, también está basado en documentos de la época[2]. El caso de Pedro Díaz está basado en el del clérigo Juan Díaz.[3]

El lenguaje utilizado por los personajes no pretende seguir los modos de expresión de la cultura nativa del siglo XVI, a fin de darle mayor agilidad a la narrativa. Así también he evitado la mención excesiva de nombres propios en náhuatl, ya sea de personas o de divinidades autóctonas, por las mismas razones.

[1] Archivo General de la Nación, México, "Proceso contra Mixcóatl y Papalotl. Por hechiceros", Ramo Inquisición, vol. 38, exp. 7. ff. 182-202.
[2] Archivo General de la Nación, México, "Proceso contra Don Carlos Chichimecatecotl de Texcoco. Por idólatra dogmatizante", Ramo Inquisición, vol. 2, exp. 10. ff. 242-346.
[3] Archivo General de la Nación, México, "Proceso contra Diego Díaz, clérigo, por hacer idolatrar a los indios", Ramo Inquisición, vol. 37, exp. 4, ff. 47-59.

PRIMERA PARTE

I

Como animal enjaulado doy vueltas sin cesar en mi celda. Cuatro pasos por cuatro pasos, lo sé de memoria, los he dado infinidad de veces alrededor de esta maloliente mazmorra, esta celda situada justo al lado del palacio arzobispal de Tenochtitlan.

En un costado, informe y sucio, yace un montón de paja que no alcanza a cubrir un maltrecho petate sobre el que duermo o me tumbo; en un rincón está la cuba donde hago mis necesidades, emite fétidos olores a orina rancia, a mierda. La luz del día se filtra por una pequeña y alta ventana enrejada, única abertura en los sólidos muros de piedra, además de una puerta de madera sin pulir, que cruje cuando se abre una o dos veces por día, ya sea cuando me traen mi magra pitanza en un cuenco de madera que invariablemente contiene frijoles (o más bien un caldo negruzco donde nadan algunos frijoles), junto con tres o cuatro tortillas duras y una jícara con agua, o bien cuando vienen por mí para llevarme a la presencia de su señoría, el obispo Zumárraga, cuyo nombre detesto, quien, incansable, se complace en interrogarme interminablemente.

He perdido la cuenta de los días. Desde que cambiaron a mi hermano Mixcóatl a otra celda lejana me he quedado solo, solo con mis pensamientos, con mis recuerdos, con mi dolor, con mi ira, yo, Océlotl el sacerdote, el nigromante, el brujo, el hechicero, el nagual, el hombre-dios, el ocelote que acecha, por todos estos apelativos se me conoce, y ahora también por el de Juan Ucelo. Lo de Juan me fue impuesto cuando, al igual que toda mi gente, no tuve más opción que aceptar ser bautizado por los frailes con sus extraños ritos, en ceremonias masivas en las que ponen los mismos nombres a cientos, a miles de nosotros a la vez, nombres en castilla, nombres que, por razones que desconozco, son muy pocos: Juan, José, Pedro, Pablo, muchísimas Marías. Y Ucelo porque los castilla son incapaces de pronunciar la *tl* de nuestra lengua, incapaces de pronunciar ni de lejos la palabra océlotl, al igual que para mí me es difícil articular la doble *rr* de Zumárraga.

Hace mucho tiempo, o así me lo parece, casi como si de otra vida se tratara, ya estuve una vez en prisión, arrojado en ella por un déspota mayor que su señoría: el huey tlatoani mexica Moctezuma. Un día, poco antes de la llegada de los blancos, Moctezuma envió emisarios a sus extensos dominios; iban con la orden de buscar hombres de conocimiento para llevarlos a Tenochtitlan, donde debían interpretar ciertos extraños y terribles augurios y sueños que el tirano padecía y que lo mantenían sin poder dormir ni reposar. Algunos de sus emisarios llegaron a Texcoco, la gran capital acolhua, donde yo vivía. Fueron llevados a presencia de Cacamatzin, nuestro tlatoani, frente a quien se comportaron con la arrogancia que para entonces era característica de los mexicas. Moctezuma, le dijeron, padecía de horribles pesadillas; su palabra era ya tan sólo acerca de ciertos prodigios, de ciertos augurios sobre espantosas cosas por venir que amenazaban su trono, tal vez su vida misma. Obsesionado por ello, su máximo anhelo era que fueran interpretadas por los poseedores de la sabiduría, de la tinta negra y roja, por esos a los que los castilla (que así llamo a estos seres blancos y barbados, pues dicen provenir de un país con ese nombre) tildan ahora de brujos, de naguales, de hechiceros, de hijos del diablo.

Imposible negarse a su mandato, por más que estuviera disfrazado de petición; para este tiempo, hasta el poderoso señor de Acolhuacan se la pensaba dos veces antes de irritar a Moctezuma. Fui escogido junto con algunos otros. Acudimos a Tenochtitlan. Humildemente nos presentamos ante Moctezuma, el terrible señor, vestidos con burdas mantas de henequén, descalzos. Nos postramos tres veces conforme avanzábamos hasta cierta distancia de su icpali, de su trono, a la vez que decíamos: "señor, gran señor, poderoso señor", con la vista dirigida al suelo; quien se atreviera a mirarle a los ojos sufría pena de muerte. Nuestras interpretaciones no fueron de su agrado. Sabíamos que algo insólito ocurriría en nuestro mundo. Los pochtecas, que recorrían amplios territorios, llevaban y traían mercancías de toda índole, al igual que noticias. Desde hacía algún tiempo coreaban los alarmantes rumores que corrían por la costa, en las tierras de los mayas, acerca de gentes y de bestias extrañas llegadas a las islas; decían que algunos fueron incluso arrojados por las olas del mar a sus orillas.

Moctezuma mismo tenía ya en su posesión ciertos objetos provenientes de estos seres. Nadie sabía a ciencia cierta quiénes eran, cuál su procedencia, cuál su naturaleza, ni qué buscaban o qué querían; habían llegado por la mar, salidos de entre las nubes y la niebla, por un camino que no conocíamos; sin embargo, como en visiones, empezamos a entrever que la llegada de esos seres extraños, blancos y barbados, provocaría un cataclismo que marcaría el fin de una era, tal como ahora se está cumpliendo.

Cuando comunicamos a Moctezuma nuestra creencia de que el final se aproximaba, el monarca, furioso, ordenó encarcelarnos y, posteriormente, matarnos. Yo logré escapar tras un año y doce días de prisión, gracias a la amistad de uno de los guardias, así como a la confusión que reinaba en esos momentos en que Moctezuma estaba preso a su vez, en el palacio de su padre Axayácatl, por órdenes de los seres blancos que habían hecho su entrada a México-Tenochtitlan. Mi fuga generó rumores sobre mis supuestos poderes sobrenaturales, rumores que al paso del tiempo se acrecentarían; la gente siempre está deseosa de creer en tales cosas; se decía que me había esfumado de prisión o que me había convertido en animal para lograrlo.

II

Uno, dos, tres, cuatro, cinco, seis, siete, ocho, cuento mis pasos alrededor de la celda en interminable letanía; los cuento en silencio, en mi cabeza o en voz baja. Mis pasos van acompañados por el ruido metálico de los grilletes que me han puesto en los pies. Circulo por el interior de la mazmorra cual ocelote enjaulado. ¿Por qué me han enjaulado? Porque me consideran peligroso, porque tras su victoria los castilla se han empeñado en imponernos sus creencias y sus dioses; porque soy un representante de nuestra verdadera religión, porque al condenarme y castigarme desean hacer de mí un ejemplo y un escarmiento para los demás. Quieren que confiese lo que llaman mis "errores", mis "herejías"; para ello se valen de todos los medios a su alcance, incluida la tortura, de la que mi cuerpo va reponiéndose gracias a que su señoría, el obispo, se ha obstinado en mantener un diálogo conmigo, o más bien una especie de monólogo e interrogatorio muy a su manera, en el que poco o nada se interesa por mis razones, en el que sólo busca sacarme información acerca de nuestras creencias, de nuestra cultura, para así poder destruirla mejor. Esas sesiones son un descanso para mi adolorido cuerpo; en ellas no usan la tortura y, lo confieso, el juego mental en el que trato de hacerlo caer me divierte. Procuro no darle lo que quiere, mantener la polémica viva, algo que Moctezuma Xocoyotzin jamás habría permitido. Contradecir al huey tlatoani en cuestiones religiosas equivalía a una segura sentencia de muerte. No es que mis conocimientos en tales asuntos sean grandes; lejos están de los de nuestros grandes tlacuilos, los poseedores de la tinta negra y roja, los formadores de rostros y de corazones, los maestros de la verdad, pero ellos han sido eliminados por los castilla, y ahora su señoría debe recurrir a otros como yo, que no tuvimos tiempo o capacidad para instruirnos más a fondo, ya que, con la llegada de los extranjeros, todo se colapsó en un torbellino de sangre y fuego.

El pasillo resuena con los ecos de pasos que se aproximan. La puerta de mi celda se abre.

—¡Ucelo! ¡Su señoría, el noble obispo Zumárraga, desea verte de inmediato! —vocifera un guardia.

Con los castilla todo es "de inmediato" cuando se trata de nosotros, los vencidos. Más que sus palabras, que poco o nada comprendo de su lengua, son sus ademanes perentorios a los que atiendo. Marchamos por el estrecho pasillo hacia el despacho de Zumárraga. Camino erguido, el rostro levantado. No serán ellos los que vean flaquear mi ánimo. Un guardia me precede, otro va detrás. Observo al de adelante, sus extrañas vestimentas, sus armas de hierro, que al principio tanto temor causaron entre los nuestros, su tez blanca como la muerte, sus cabellos de colores esparcidos por toda la cara como si fueran monos, nunca antes habíamos visto algo parecido; en la cabeza del guardia una melena rubicunda va coronada por un colorido bonete, cubre sus mejillas una poblada barba, huele mal, a sudor acedo, a orina rancia, a lo que suelen oler los castilla, que parecen desconocer la costumbre del baño.

¡Cómo nos inquietaba al principio su verdadera naturaleza! De manera progresiva nos llegaban los rumores de su presencia en nuestro mundo. Los pochtecas los esparcían, seguramente exagerados, tergiversados. Al principio sus noticias eran vagas, originadas sobre todo en el gran emporio de Xicalango, a donde iban mercaderes de todos los confines de la tierra para intercambiar sus géneros. Quienes más tenían que decir al respecto eran los provenientes de los señoríos mayas, de lo que ahora los castilla llaman Yucatán (¡cómo han torturado nuestra lengua con su pésima pronunciación y menor comprensión del significado de las palabras!). A su alrededor, en las plazas, los días de tianguis, se formaban corrillos de curiosos que, boquiabiertos, escuchaban sus elaboradas historias acerca del avistamiento de extrañas y grandes embarcaciones provistas de enormes velas, llevadas por el viento sobre las olas como si volaran; los pochtecas bajaban la voz al mencionar la presencia en las cubiertas de esas embarcaciones de seres blancos y barbados. Sus noticias corrían de pueblo en pueblo, de casa en casa, boca en boca; se discutían en los colegios del Calmécac y del Telpochcalli; se examinaban en los consejos de los señores. Nadie sabía bien a bien qué significaban, qué presagiaban. No pasó mucho tiempo antes de que se mencionara el arribo de algunas de esas embarcaciones a las costas mayas, así como de una gran batalla librada contra los blancos que iban a bordo, allá en Champotón, en la que fueron derrotados y obligados a huir.[4] Eso no fue obstáculo para que, pocos meses después, llegara un contingente mayor hasta las costas mismas de Chalchicueyehcan, en territorio totonaca,[5] y finalmente uno todavía más grande, al mando del que llegamos a conocer como capitán Malinche. Esto marcó el principio del fin de nuestro mundo.

[4] Expedición de Francisco Hernández de Córdoba.
[5] Expedición de Juan de Grijalva.

21

III

Escoltado por los guardias, entro al despacho de Zumárraga, que, si bien es mucho más amplio que mi celda, está sobriamente equipado: tiene un par de repisas apoyadas contra los muros de piedra, de las que sobresalen múltiples rollos de papel, a los que llaman libros, y completan el mobiliario tres o cuatro sillas y un burdo escritorio colmado de tales rollos. Tras el escritorio está sentado Zumárraga, a su lado, de pie, el indispensable traductor, fray Alonso de Molina, en quien por lo menos puedo tener cierta confianza, ya que aprendió nuestra lengua desde pequeño, jugando con los hijos de nuestra gente, y fue de los primeros en entenderla y hablarla.

Observo una vez más las facciones maduras y cansadas del rostro de Zumárraga, su escasa cabellera, disminuida por su tonsura sacerdotal; lleva el hábito café oscuro, aunque un tanto deslavado, de los franciscanos, que así llaman a los frailes a cuya orden pertenece; el holgado hábito está ceñido a la cintura con un cordón blanco, cuyas puntas caen por delante, y le cubre todo el cuerpo, cayendo hasta los pies, calzados con burdas sandalias.

Con un ademán imperativo me indica tomar asiento frente a él. Así lo hago sobre un banco situado a unos tres pasos del escritorio, deferencia que, supongo, tiende a que me sienta relajado. Con otro ademán despide a los guardias que, tras mirarse dubitativos entre sí, obedecen. Voy vestido únicamente con mi maxtle y una ligera capa; he rehusado usar los ridículos trapos llamados "pantalón" y "camisa" que los castilla nos han impuesto, pues consideran impropio nuestro atuendo; dicen que va contra la moral cristiana, aunque yo poco entiendo qué significa eso. Todo lo nuestro es impropio ante sus ojos. Para ellos todo lo nuestro es lo que llaman "pecado". Recuerdo cómo, la primera vez que nos vimos en esa misma sala, Zumárraga me endilgó un largo discurso; dijo que vivíamos como ciegos entenebrecidos, envueltos por muy espesas tinieblas, en gran ignorancia, engañados por el diablo, pero que alguna excusa teníamos, debido a que desconocíamos la verdad, o lo que ellos llaman "la verdad", la que nos imponen a la fuerza.

Fray Alonso comienza a traducir. Su voz es agradable, mesurada, serena:

—¿Cómo te encuentras hoy, hijo mío? ¿Descansado, listo para una nueva charla?

¿Cómo voy a estarlo, privado de mi libertad, encerrado en un cuchitril, amenazado con severos castigos si me encuentran culpable de sus cargos? Pero he aprendido que hay momentos en que es mejor no mostrar las uñas y tragarse la ira, el resentimiento, el sabor a hiel en la garganta y en el estómago, sobre todo estando, como estoy, en total desventaja, así que respondo:

—Muy bien, padre mío, espero tú lo estés igualmente.

La luz del día penetra en el pequeño salón a través de dos pequeños ventanales situados tras el escritorio del obispo, yo quedo expuesto a ella mientras que él permanece en la penumbra. Levanto la vista para encontrar sus ojos, vuelvo a bajarla, movimiento que repito a lo largo de nuestros intercambios, no quiero parecer insolente, pero tampoco demasiado humilde. Sin mayores preámbulos, Zumárraga continúa:

—Mucho me duele tu contumacia, tu terquedad. Bien sabes que es por tu bien que debes examinar con sumo cuidado las absurdas creencias que el diablo ha implantado en ti desde los años tempranos de tu infancia; debes examinarlas a la luz de la verdadera religión, a la que ahora ya conoces, pues has sido bautizado y adoctrinado, para salvación eterna de tu alma.

—Su señoría, mi "bautizo", como usted lo llama, me fue dado de recién nacido, mucho tiempo antes de que ustedes, los frailes, me confirieran un segundo bautizo, imponiéndome un nombre que yo no escogí.

—Ese primer "bautizo" que mencionas es una engañifa del demonio, del gran enemigo; es una burla del verdadero sacramento que nos dejó nuestro Señor Jesucristo. Es sólo gracias al que llamas "el segundo", que en realidad es el único, que tienes ahora la oportunidad, la enorme suerte, de librarte de las garras del maligno, de las llamas eternas del infierno. Gracias a él naces a la vida eterna. Los nombres que hemos escogido para ustedes son de los santos que están ahora en el cielo, para ponerlos bajo su amparo, para que ustedes tengan así poderosos intercesores en el cielo y un modelo a seguir en la tierra, en vez de llevar nombres de diablos o de animales, como el tuyo de Ucelo. Pero cuéntame, tengo gran curiosidad, ¿cómo fue ese primer bautizo?

Aquí va de nuevo, tratando de sacarme información sobre nuestros rituales, sobre nuestras creencias, para mejor conocerlas y mejor destruirlas. Le daré sólo unas pocas migajas, ya que no me es dado permanecer callado. ¿Le hablaré también de mi otro "bautizo" por agua, de ese que me confirieron los cristianos en sus calabozos, los cristianos que tanto hablan de amor, de caridad? Involuntariamente mi cuerpo se estremece ante el recuerdo de éste. Sucedió poco después del inicio de mi encarcelamiento. Los guardias me conducen a un recinto sin ventanas, en medio del que hay una especie de tarima, rematada con una gran tabla horizontal a la altura de la cintura. A ella me atan boca arriba. No sé que esperar, ¿más latigazos tal vez?, ¿pero por qué no en la espalda?, ¿por qué estoy boca arriba?, no es costumbre que los latigazos se den en la parte frontal del cuerpo, la piel que cubre el estómago es frágil y puede romperse causando una lesión mortal. Hay varios castilla presentes, además de los guardias. Uno de ellos escribe con sumo cuidado en uno de sus papeles, ¿qué anotará? Los guardias me miran con expresión divertida. Uno de ellos verifica la tensión de las amarras. Satisfecho hace seña al intérprete, que esa vez no era fray Alonso. El castilla me conmina a confesar mis "herejías y pecados".

—Confiesa, perro, confiesa que es el diablo quien te habla; es Satanás a quien sirves.

—No sé quién es ese diablo del que hablas, ni tampoco ese Satanás.

—Y bien que lo sabes, si, como dices, fuiste bautizado por los santos padres.

Respondo con mi silencio. Los guardias me colocan una fina tela sobre nariz y boca ¿Qué van a hacerme? Mi corazón se acelera. Siento que empiezan a verter agua sobre la tela, que se va adhiriendo a mi nariz, a mi boca, impidiéndome respirar. El agua se introduce en mis narices, en mi garganta, en mis pulmones. Me ahogo. Trato de no aterrorizarme. Paran de verter. Quitan la tela de mi cara. Me interrogan de nuevo. No acepto sus estúpidas acusaciones. Colocan de nuevo la tela sobre mi rostro, vierten agua otra vez sobre ella. Me asfixio, pero no puedo moverme, mi cuerpo está firmemente atado a la tabla, una correa me pasa por la frente, sujetando mi cráneo. Al tercer jarro me siento desvanecer, mi mente divaga... la noche es oscura, sin luna, debo intentar que mi cabeza sobresalga lo menos posible de la superficie del lago, justo lo necesario para poder respirar, pues siempre hay guardias sobre las calzadas y no estoy lejos de una de ellas. Nado suavemente, alejándome de Tenochtitlan, debo llegar a tierra firme donde estaré casi a salvo. A lo lejos entreveo la gran mole del Templo Mayor; las llamas de sus hogueras perennes iluminan fantasmagóricamente sus costados, así como los santuarios en su cima, el de Tláloc y el de Huitzilopochtli. Poco a poco su imagen se va haciendo más pequeña. Tras escapar de mi prisión, me arrojo a las aguas de la laguna tan pronto como puedo. Debo escapar de esta ciudad maldita, aprovechar la confusión creada por la llegada de los castilla y por la prisión de Moctezuma. Debo regresar a Texcoco, refugiarme, esconderme entre los míos. Soy un buen nadador, como casi todos los que vivimos alrededor de los lagos. Mis pies tocan al fin el fondo lodoso del lago, me arrastro por la orilla para llegar hasta los matorrales cercanos.

El agua escurre por mi cuerpo, ¡soy libre!... la tela empapada que han colocado sobre mi rostro se pega a él, me impide respirar, me sofoco. Vierten más agua. Mis pulmones amenazan estallar. Retiran la tela. Abro la boca desesperadamente, como pez fuera del agua. Tomó grandes bocanadas de aire, toso, escupo, estornudo, trato de mover mis brazos pero están firmemente atados a mis costados. El intérprete vuelve a preguntar, apenas si lo escucho.

—¿Confesarás ahora tus herejías, indio maldito?

¿Qué quieren que confiese? ¿Que en mi corazón se ha albergado el odio hacia ellos por destruir mi vida, mi mundo? ¿Que jamás podré convertirme a su religión ni abandonar la de mis ancestros, la de mis abuelos, la de mis padres? ¿Que esa religión que hemos tenido desde que este Sol existe está equivocada, que es mala, perversa? Nuestros abuelos, nuestros padres no nos enseñaron a torturar ni a matar a quienes no la practican, ni nos hablaron de cosas tan horrendas como el diablo y el infierno de los castilla. Guardo silencio. Colocan de nuevo la tela sobre mi rostro. Siento cómo el agua escurre por mis mejillas, la tela se pega a mis narices, a mi boca. Lo que ignoran estos demonios es que estamos acostumbrados al sufrimiento, al dolor físico, a las penalidades, a los ayunos; lo aprendimos desde muy pequeños en nuestras escuelas, en nuestros hogares. Nuestros ayunos no eran como los de ellos, en que sólo se privan de comer carne por unos días cada año, pero se atiborran de otros alimentos. A nosotros se nos enseñó a ayunar casi todos los meses, primero en casa, luego en los colegios, engullendo sólo agua y alguna tortilla dura. Empecinado en mi silencio, finalmente me llevan de nuevo a la celda. Camino a traspiés, apenas si puedo sostenerme parado, pero no dejaré que me lleven arrastrando.

Su señoría da muestras de impaciencia; arrastrado por mis recuerdos, de pronto me doy cuenta de que no he respondido a su pregunta sobre lo que llama nuestro "bautizo". Debo decirle algo.

—Señor Zumárraga —comienzo.

El intérprete me interrumpe:

—Debes llamar su señoría al señor obispo.

Recomienzo:

—Su señoría, lo que usted llama "nuestro bautizo", usando palabras de su propia religión, para nosotros es una ceremonia de purificación, de bienvenida, de iniciación del recién nacido a los dolores, a los sufrimientos de este mundo.

—¿Acaso nuestros hermanos los frailes no te enseñaron que el bautizo cristiano es eso que llamas purificación, que por medio de él sale el espíritu maligno del alma, del cuerpo de la criatura, que es una iniciación a la vida eterna que nos ofrece nuestro Señor Jesucristo? Ése es el único y verdadero bautizo, lo demás son engañifas del demonio —me interrumpe Zumárraga.

Tal vez para ellos así sea, para mí existe una gran diferencia. Para su bautizo los castilla nos convocan por cientos, por voz del tepixque, el mandoncillo del pueblo impuesto por ellos, con pase de lista y con azotes al que no acuda, al igual que a sus misas y doctrinas. Si alguien falta sin justificación es merecedor de azotes, o de cárcel, o se le pone en el cepo. En los conventos se yergue ominosamente el cepo. Lo usual son media docena de azotes a los negligentes, propinados en la mayoría de los casos por alguaciles nativos. Según Zumárraga, su cofrade fray Andrés de Olmos opina que el mejor método de conversión es azotarnos y trasquilarnos pues los sermones de poco sirven, y que no estaría de más enviar cada semana a dos recalcitrantes a la hoguera. Nos forman en largas filas, los niños por delante llevando flores en las manos, como fue ordenado por el capitán Malinche. Por turno llegamos frente a uno de los frailes. Vierte un poco de agua sobre nuestras cabezas a la vez que pronuncia palabras incomprensibles para nosotros, algo así como *nomenpaterfilio spiritusanto*, al tiempo que hace la señal de la cruz con los dedos de su mano derecha y la mueve de arriba abajo y de un lado al otro sobre nosotros. Eso es todo, ya somos cristianos. A veces, los frailes, cansados de levantar sobre nuestras cabezas el jarro del agua que llaman "bendita", aunque lo cambien de brazo de cuando en cuando, simplemente mojan un hisopo en ella y nos asperjan a varios a la vez. Algunos de los nuestros se dan maña para no acudir, y para evitar ser notados se ponen ellos mismos alguno de los nombres usuales impuestos por los frailes.

En cambio nuestro "bautizo" se efectuaba a los cuatro días de nacidos, tras consultarlo con el sacerdote encargado del Tonalamatl o Libro del Destino, para que viera qué presagiaba el día en que nacíamos, a qué trecena pertenecía; el nombre de ese día era por lo general el nombre que ponían al recién nacido. Si era un día nefasto se buscaba otro más promisorio dentro de los cuatro siguientes. El sacerdote consultaba entonces en sus papeles de amate pintado la relación entre el momento del nacimiento y las fuerzas sagradas que fluía de ese día a través del espacio de la vida humana.

Por supuesto que he asistido a muchos de nuestros "bautizos". Para ilustrárselo a su señoría le narré en líneas generales el de Cipactli, el primogénito de mi hermano Mixcóatl. A los pocos días de su nacimiento, Mixcóatl convocó a parientes y amigos a su casa, cuando todavía la tenía y no estaba preso de los castilla en estos horrendos calabozos, como lo está ahora. Poco antes de salir el Sol, nos reunimos en el patio interior, del que casi todas las casas tenían uno. Tonatiuh asomó su brillante faz sobre el horizonte, iluminándonos con la luz dorada de sus primeros rayos. Lo saludamos con los rostros vueltos hacia él, y le dimos gracias por el regalo de la vida. La mujer encargada de la ceremonia tomó al pequeño Cipactli en sus brazos, lo elevó hacia Tonatiuh, a manera de ofrenda, como una promesa de que su vida estaría dedicada a su servicio, a la vez que le pedía lo dotara de energía con su soplo; luego lo mostró a las cuatro direcciones, lo ofreció al cielo y a la tierra. Pidió por la criatura a Chalchiuhtlicue, en su aspecto de divinidad del agua: "Ten por bien, señora, que sea purificado, limpiado su corazón y su vida; llévese el agua toda la suciedad, para que nazca por segunda vez, ahora engendrado por ti". Enseguida se dirigió al niño, no con palabras incomprensibles como es eso de *nomenpaterfilius*, sino que le dijo: "Oh, águila, oh tigre, oh valiente hombre, nieto mío. Has llegado a este mundo de llanto y de congoja". La mujer mojó sus dedos en una jarra de agua y colocó unas gotas en la boca y en la coronilla del infante; le tocó el pecho con la mano humedecida y le lavó el cuerpo, exorcizando el mal. Recuerdo bien sus palabras: "Esta agua celestial, azul y amarilla, entrará en tu cuerpo, lavará tu corazón, limpiará lo que te fue dado al principio del mundo, te lavará del mal que traes desde antes del principio del mundo, del mal que se te ha pegado de tus padres, de tus abuelos. Has llegado a este mundo, lugar de muchos trabajos y tormentos, donde hay gran calor, frío destemplado y fuertes vientos, donde es lugar de hambre y de sed, de cansancio y de frío, de lloros, de tristeza y de enojo; tu oficio es el lloro y las lágrimas, la tristeza y el cansancio. Nuestro señor Quetzalcóatl ha puesto una piedra preciosa y una pluma rica en este polvo y en esta pobre casa; ha adornado la garganta, el cuello de tus padres y sus manos con un joyel de piedras preciosas, de plumas ricas de perfecta hechura y de perfecto color".

Presenciamos la ceremonia en silencio, con respeto y devoción. La mujer nos dio a conocer cuál sería "el nombre en el mundo" de mi sobrino, lo repitió tres veces: "Será llamado Cipactli, con este nombre se dará a conocer, este nombre habrá de llevar". Como era varón, le puso en la mano derecha un arco pequeño con cuatro flechas, y en la izquierda un pequeño escudo, a manera de símbolo de que en esta vida debería comportarse como un guerrero, enfrentando las adversidades y los enemigos con hombría, con valentía.

Terminada la ceremonia, festejamos el acontecimiento con un banquete ¡Qué variedad de sabores, de olores, de texturas! Era cerca del mediodía. Sentados en el suelo, en grupos, nos entregaron primero una humeante sopa de hongos, al igual que caldos de diversas aves, a los que siguieron varias clases de tamales: verdes, rojos, rellenos de carne, algunos dulces rellenos de frutas y endulzados con miel; nos deleitamos con caracoles, tlacoyos, pescado blanco guisado con chile y tomate, ranas en salsa de chiles, tortillas recién hechas, ajolotes sazonados con chile amarillo. Para beber abundaban las aguas de frutas endulzadas con miel, o de chía, de pinolate, de chilate hecho de chile, maíz tostado, chile, cacao y agua, o atole de cacahuate, o chocolate aromatizado con vainilla, todo servido en jícaras de barro adornadas con incrustaciones de laca de vivos colores. Finalmente, satisfechos, nos dispusimos a fumar un cañuto de tabaco aromatizado, que perfumaba el ambiente y nos relajaba, sumiéndonos en una feliz somnolencia, mientras mi hermano y su mujer daban regalos a todos y a cada uno de los presentes. Algunos de los viejos y viejas dormían el mucho pulque que habían tomado, ya que ellos, habiendo cumplido con las obligaciones de la vida, podían beberlo sin restricciones legales. Ahora, gracias a los castilla, sólo tengo mi caldo de frijoles rancios una vez al día, y las calles y caminos están llenos de borrachos, tambaleantes o despatarrados, de todas las edades y de ambos sexos, no encontrando otra manera de aliviar su orfandad, su angustia y su dolor.

Intento narrarle algo de esto a su señoría pero, como de costumbre, no lo entiende, desecha mis palabras con rápidos movimientos de sus inquietas manos, repite incansable que nuestras ceremonias religiosas no eran más que borracheras, influencias maléficas de Satanás, al igual que todo lo nuestro, a sus ojos esos ritos quedan reducidos a viles engaños de su tal llamado diablo. Poco nos entendemos Zumárraga y yo.

IV

De regreso en mi celda escucho los sonidos del exterior, llegan a mis oídos los ecos rítmicos del golpeteo de unos canteros labrando piedra. Ésta es la melodía que por largo tiempo se ha escuchado en México-Tenochtitlan, desde poco después de su caída, cuando los mexicas sobrevivientes, junto con miles de otros provenientes de diversos sitios, fueron forzados a construir las nuevas casas y edificios de los castilla, y después las de los frailes. No pasó mucho tiempo antes de que también en Texcoco, al igual que en diversos lugares, tuviéramos que construir decenas de iglesias y de conventos bajo la dirección de los frailes.

En la soledad de esta celda, hecho mano de mis recuerdos para ayudarme a pasar el tiempo. Con creciente alarma veíamos como poco a poco se aproximaba nuestra desgracia, conforme los castilla se internaban en el Anáhuac, aunque no todos lo creían así. Algunos empezaban a verlos como a quienes los liberarían del yugo mexica, cuyo poderío iba en aumento, en detrimento del nuestro, del de los acolhuas, a pesar de que éramos aliados. El capitán Malinche repetía todo el tiempo que venía a liberarnos de los mexicas en nombre de su dios y de su emperador, así como a salvarnos de las llamas del infierno. No perdía oportunidad de vociferar que nuestros dioses sólo son lo que llaman diablos malignos, demonios pésimos, que procuran nuestro mal y daño, que todo lo que creemos es pecado, ¿cómo tiene tal atrevimiento? ¿Quién se cree que es?

¿Quiénes eran esos extraños seres?, nos lo preguntábamos con angustia, tratando de dilucidarlo. Todo se reducía a rumores y suposiciones. Al parecer los totonacas se habían rebelado contra Moctezuma gracias a su apoyo. A su paso por Cholula, la ciudad sagrada de Quetzalcóatl, los castilla efectuaron una cruel masacre de gente inocente, pretextando que iban a ser atacados. Ríos de sangre corrieron por sus calles. Quetzalcóatl no fue capaz de proteger su ciudad. El terror se apoderó de la región. ¿Por qué se lo permitía el gran tirano?

Muchos acolhuas acudieron a ver la entrada de los castilla a Tenochtitlan; yo no, por temor a ser reconocido y apresado de nuevo por los esbirros de Moctezuma. Pocos días más tarde supimos, con enorme desconcierto y sorpresa, que el gran huey tlatoani era mantenido prácticamente preso en el palacio de su padre Axayácatl. El pretexto fue que uno de sus grandes capitanes, un tal Cuauhpopoca, atacó a los castilla que permanecían en la costa. Por exigencia del capitán Malinche, Moctezuma mandó por él y fue quemado vivo en el centro ceremonial junto con su hijo. Ese golpe de audacia y de prepotencia nos dejó a todos azorados, atónitos. En una ocasión eché en cara tal acto de crueldad a Zumárraga. Me respondió que nosotros hacíamos cosas peores, supongo que se refería a los sacrificios del mes de xócotlhuetzi, en que los mexica festejaban al dios del fuego, Xiuhtecutli, en el recinto del Templo Mayor, donde preparaban una gran cama de brasas ardientes a la que llamaban el "fogón divino". Los guerreros se aproximaban a ella danzando, con un cautivo a cuestas, al que arrojaban sobre las brasas. Al impacto del cuerpo se levantaba una pequeña nube de cenizas. Las víctimas lanzaban gritos de dolor, se arqueaban, se retorcían, vomitaban, con los ojos en blanco. Se escuchaba el sonido chirriante de la grasa y de la carne quemada. El olor era nauseabundo. En un instante los cuerpos se llenaban de pústulas. Por medio de grandes ganchos los sacaban agonizantes y los arrojaban sobre la piedra sacrificial, donde los sacerdotes les sacaban el corazón. Estoy de acuerdo en que tal ceremonia era extremadamente bárbara, pero era cosa de los mexicas, que son unos salvajes, no de nosotros los acolhuas, ni de los demás pueblos.

Una vez que tuvo en su poder a Moctezuma, el capitán Malinche envió varios grupos de castillas, siempre acompañados de guerreros mexicas, a diversas partes, en busca de oro, siempre oro. Tienen un insaciable apetito por él, cometen innumerables crímenes por él, a pesar de todo lo que diga su señoría sobre la humildad y la caridad que deben mostrar los cristianos.

Fue entonces que nuestro tlatoani Cacama decidió rebelarse y reunir un ejército, harto de los abusos de los castilla, de las vejaciones sufridas a sus manos por su tío Moctezuma, del robo del tesoro real de Tenochtitlan, de la soberbia insufrible de los extranjeros, de los ataques continuos a su religión. Enterado por boca de los delatores mexicas, el capitán Malinche quiso ir militarmente en contra de Cacama, pero Moctezuma le aseguró que él podía solucionar el caso por medios pacíficos. El soberano envió emisarios a Texcoco para pedir a Cacama que fuera a verlo a México-Tenochtitlan, donde podrían aclarar sus diferencias. La respuesta de nuestro soberano fue agresiva: si Moctezuma tuviera sangre en las venas, si no fuese un cobarde, no se encontraría preso de cuatro extranjeros que parecían tenerlo hechizado con sus palabras, que le habían usurpado el reino, ni estarían su religión ni sus dioses abatidos y hollados por salteadores y embaucadores, ni la gloria y fama de sus antepasados estaría perdida gracias a su cobardía y apocamiento. Iría de muy buena gana a México, pero no con las manos dobladas, sino con armas. Moctezuma entonces acudió a la intriga, actividad en la que era experto, para la que se sirvió de nobles acolhuas desafectos. Debían pedir a Cacama ir a hablar con ellos para organizar mejor la rebelión. Sin sospechar nada, el tlatoani accedió. Se reunieron en una gran casa del monarca acolhua construida en las orillas de la laguna, a la que las canoas tenían acceso directo. Los conjurados tenían cierto número de guerreros listos para la acción por si Cacama se resistía. Todo salió de acuerdo a lo planeado. Cacama fue apresado sin problemas, junto con su hermano Cohuanacotzin y cinco de sus principales consejeros. Fueron metidos en canoas entoldadas y llevados a México-Tenochtitlan. El capitán Malinche mandó ponerles grilletes y encerrarlos bajo guardia numerosa en una recámara del palacio de Axayácatl, tras lo cual pidió al huey tlatoani que se coronara como soberano de Acolhuacan a un hermano de Cacama llamado Cuicuizcatzin, pasando por alto a sus hermanos mayores Cohuanacotzin e Ixtlilxóchitl, tal vez por considerar más maleable a este hermano menor. Cuicuizcatzin estaba por esos días en México, refugiado ahí por temor a Cacama. Fue llevado a Texcoco por tierra, transportado en andas, escoltado por gran cantidad de nobles y de guerreros, así como por algunos castilla.

Fue esa la primera vez que los vi, cuando entraron a la ciudad, confundido entre la multitud que se arremolinaba en las calles para verlos pasar. No eran muchos. Dos de ellos abrían la marcha, montados sobre sus extrañas bestias-venados con bocas llenas de espuma, con las patas calzadas de hierro que hacían resonar su paso con un clac-clac-clac-clac rítmico a su contacto con las piedras de la calzada. Los castilla iban armados con sus lanzas, espadas y escudos de metal, que lanzaban reflejos luminosos bajo los rayos del sol. Sus rostros eran extraños, velludos, poblados de barbas amarillas, rojas, o negras. Marchaban con aire soberbio, mirándonos con aire despectivo desde la altura de sus bestias. Tras ellos iban decenas de guerreros, tanto mexicas como acolhuas, adornados con coloridos plumajes y estandartes, enseguida Cuicuizcatzin, portado en ricas andas. Cerraban la formación otros castilla a pie que llevaban unos fieros animales atados con correas, parecidos a los escuincles que engordamos para comer, aunque estos eran más grandes y fieros. Me parecieron en verdad seres extraños. ¿Qué tierra lejana los pariría así de raros? Mucha de nuestra gente tenía lágrimas en los ojos, dolidos por la desgracia de nuestro señor Cacama.

El capitán Malinche aprovechó la oportunidad para capturar de una vez a los principales que podrían oponerse a sus propósitos de dominio. Antes de una semana apresaron a Cuitláhuac, señor de Iztapalapa; a Totoquihuatzin, señor de Tlacopan; al señor de Coyoacán y a otros nobles. Con semejante golpe, los castilla tuvieron en sus manos a los tres tlatoanis de la Triple Alianza, que era el poder supremo del Anáhuac, conformada por México, Acolhuacan y Tlacopan, tras la caída del señorío tepaneca.

V

Ahora su señoría quiere saber acerca de la confesión que dice practicábamos antes de la llegada de los castilla. En efecto, la teníamos, aunque no igual a la suya, a la cristiana. Nosotros, por lo general, la efectuábamos una vez en la vida, de preferencia en la vejez, ante un sacerdote de Tlazolteótl.

—¿Tlazo qué? Alguno de sus diablos sin duda. ¿Cómo? ¿Una sola vez en la vida? ¡Eso es absurdo! Como todas sus creencias y prácticas. ¿Acaso no saben que los humanos pecamos constantemente, por lo que necesitamos de un perdón constante? —exclamó Zumárraga—. Ésa es otra engañifa del demonio. ¡Cómo se ha complacido en burlarse del Señor en estos lejanos sitios, engañándolos a ustedes, pobres gentes! Pero su tiempo ha terminado, por fin serán ustedes libres del mal. Recuerda que fue precisamente en tu tierra, en Texcoco, donde dimos inició a la confesión cristiana.

Le digo que nuestra ceremonia se hacía para eso, para quedar libres del mal, para que nuestra señora Tlazolteótl absorbiera la inmundicia y quedáramos limpios. En cambio ahora los frailes nos exigen hacerla a cada rato, además mediante intérprete, ¿quién podría confiar en eso?, y entonces nos absuelven para así poder pecar tranquilamente de nuevo, como lo hacen ellos con total desvergüenza, sabiendo que serán perdonados al confesarse y después "comulgar", como le llaman al comerse a su dios Jesusmariajosé, que creo es uno de sus nombres, pues así lo pronuncian a cada rato.

Efectivamente, su confesión empezó en nuestra tierra. Yo fui testigo de ello. Debíamos llevar a los frailes nuestros "pecados" pintados en un papel de amate, o en una tela, tomando como guía los mandamientos de sus leyes divinas. Si no íbamos a su confesión sufríamos reprimendas y castigos. Los intérpretes eran escasos en ese tiempo, y ¿cómo confiar en ellos? Difícilmente podíamos entender a que se referían con esa palabra de "pecado"; lo más parecido en nuestra lengua es tlacolli, que significa una falta, una infracción al orden del mundo, una impureza corporal, una suciedad que hay que limpiar. ¿Y de qué les sirve a ellos su confesión? Vemos cómo todo el tiempo dejan de cumplir los mandamientos de su dios, cómo se comportan peor que bestias, robando, saqueando, violando a nuestras mujeres, matando, mintiendo.

Es cierto que teníamos algo parecido a su confesión (que difícil me es pronunciarlo en tiempo pasado, "teníamos". Con gran dolor sé que ya casi no la practicamos, y acabaremos por no hacerlo nunca, como tantas otras cosas de nuestra vida, de nuestras costumbres, de nuestras creencias, de lo que nos enseñaron nuestros abuelos, nuestros padres, y que los castilla, parecidos a sus mentados diablos, van haciendo desaparecer). Teníamos también algo parecido a su "comunión". Se efectuaba en una ceremonia durante la fiesta de tlaxochimaco, hacia el mes que ellos llaman agosto, en que Huitzilopochtli era celebrado. Se molían cantidad de semillas de amaranto, luego la harina se mezclaba con masa de maíz y miel de magueyes. Con ella se formaba una imagen del dios. Después de llevarla en procesión era cortada en pedazos pequeños que se repartían entre toda la población, preparada previamente mediante el ayuno, sin haber comido ni bebido desde el amanecer. El trozo del dios era consumido con gran reverencia, entre abundantes lágrimas, pues participaban del cuerpo divino.

—¡Líbranos, Señor, de las acechanzas del maligno! —soltó su señoría, santiguándose alarmado—. ¡Con qué diabólica astucia el gran perverso ha engañado a estas pobres gentes, haciendo mofa de tus sacramentos, Señor mío Jesucristo, para así llevarlos más fácilmente con él al infierno! Bien sabía que a nuestra llegada estas supercherías provocarían gran confusión entre los nativos y gran dificultad para su conversión. Pero será vencido, como siempre lo ha sido. Por fortuna ya se ha prohibido el cultivo de ese tu amaranto.

Para Zumárraga todo lo nuestro era un engaño de ese diablo al que tanto temen los castilla, cuando los diablos son ellos, como bien pronto lo constatamos y seguimos constatándolo día tras día.

—Su señoría, el amaranto es un buen alimento, mejor que su trigo, que ustedes usan para hacer su pan y sus hostias. ¿No es lo mismo?

—¡No comprendes nada, claro que no es lo mismo! Se ha prohibido el amaranto para que no lo usen en sus horrendas ceremonias. Pero dime una cosa, hasta donde entiendo ustedes ni siquiera tienen una palabra para mal, pecado, demonio. ¿Cómo es esto posible? ¿Son tan ignorantes que ni siquiera saben que existe el mal? El demonio seguramente les ocultó su verdadero nombre haciéndose pasar por sus dioses, pero basta ver las horribles imágenes que ustedes tienen como tales, llenas de serpientes y calaveras, para darse cuenta que es él quien está detrás.

—Su señoría, el mal que usted dice es sólo la ausencia del bien, como se da a entender por nuestra palabra *amoqualli, qualli* quiere decir bueno, bien, y *amoqualli* no bueno o no bien; o también nuestra palabra *yectli*, que es lo bueno, lo justo, de donde la palabra *ayectli* es lo no bueno, lo no justo. Lo que usted llama "nuestros dioses" son representaciones de poderes, de fuerzas, sus imágenes están compuestas por diversos glifos, cada uno de los cuales tiene un significado, eso es lo que aprendemos en el Calmécac. Nuestro dios, aunque no tenemos una palabra que puede traducir la suya de "dios", es Tloque Nahuaque, el señor del cerca y del junto, aquel por quien vivimos, el dador de la vida, el creador de todo, "el dios supremo, madre de los dioses, padre de los dioses, tendido en el ombligo de la tierra, metido en encierro de turquesas, en las aguas de color pájaro azul, que rige a la gente moviéndola como si fueran canicas", cuyo nombre es impronunciable, por eso le llamamos Tloque Nahuaque, que significa "cerca" y "junto". De él surgieron la pareja inicial Ometecuhtli y Omecíhuatl, así fue que de uno surgieron dos, de dos tres, de tres toda la creación. En cuanto a las serpientes, representan lo terrestre, lo de abajo, y los cráneos son un recordatorio de nuestra mortalidad. He visto imágenes de uno de sus dioses que tiene una calavera en sus manos.

Zumárraga me observa con curiosidad, por unos momentos guarda silencio.

—Vaya, vaya contigo, pretendes ser todo un teólogo, alimentado con las mentiras de Satanás, disfrazadas con los ropajes de verdades. La Gran Serpiente es Lucifer, y en efecto es lo de abajo, lo terrenal, lo malo. La imagen que mencionas es de uno de los santos, Francisco de Asís, que no es un dios, dios sólo hay uno, la calavera representa su reflexión sobre la muerte, por lo menos en eso tenemos una coincidencia.

—Pero la serpiente no es lo que usted llama el mal, es simplemente el ser de aquí abajo, que lucha por elevarse, por la sabiduría. Cuando lo logra se convierte en la serpiente emplumada, en Quetzalcóatl.

—La sabiduría se logra siguiendo los pasos de nuestro Señor Jesucristo, viviendo de acuerdo a sus enseñanzas.

Con estas palabras lapidarias, sin admitir réplica alguna, su señoría me manda de nuevo a mi celda.

VI

Estoy de regreso en mi celda. Inmóvil, observo a una rata reco-
rrerla; de cuando en cuando voltea la cabeza para mirarme; al no
encontrar nada que comer se retira por debajo de la puerta. Por
lo menos ella puede hacerlo; si yo tuviera el poder de convertirme en rata, o en serpiente, o en ave, como algunos dicen que lo
tengo, hace mucho habría reptado o volado hacia la libertad. Me
tiendo en mi petate, cierro los ojos y me refugio en los recuerdos.

Muy pronto los extranjeros mostraron su disposición a adue-
ñarse de todo. Teniendo presos a nuestros grandes señores exigieron a Moctezuma y a los señores que juraran vasallaje a su rey, al
que llaman el gran emperador Carlos V; ¿sabrá su dios quien es y
dónde está?; lo único que sabemos es que mora a muchos, muchos
días, a meses de navegación a través de las grandes aguas; pero que
sus brazos, su poder, llega hasta acá, hasta nuestra tierra, de la
que se apropian tanto él como sus enviados, como si fueran vul-
gares ladrones, sedientos de oro y de riquezas, de nuestro oro y de
nuestras riquezas. Tras el juramento, sus esbirros reanudaron con
mayor ardor su eterna búsqueda de ese oro, por todos lados, por
todos los rincones, como perros tras una perra en celo. Además
de eso, ensoberbecidos por su triunfo, despreciándonos por
nuestra falta de resistencia, empezaron a destruir las imágenes
de nuestras divinidades, a sustituirlas por las suyas. En México-
Tenochtitlan el capitán Malinche visitó los santuarios de Tláloc y

de Huitzilopochtli, situados en lo alto del Templo Mayor. Enfurecido, bramó que eran representaciones del maligno, del gran Satán, y enseguida propinó fuertes golpes con su espada a las imágenes de ambos dioses y ordenó arrojarlas gradas abajo. Con gran trabajo y ruegos Moctezuma logró convencerlo de que le permitiera que las bajaran los mexicas, lo que hicieron con gran reverencia, entre lloros y lamentaciones. Las ocultaron en total secrecía en un sitio donde pudieran estar a salvo. El capitán Malinche ordenó limpiar los santuarios y colocar en ellos una gran cruz, así como una imagen de Jesusmaría sobre un altar, como lo han hecho y lo hacen por doquiera que llegan. Por ese tiempo sólo estaba con ellos uno de sus frailes, que poco hablaba.

Fue así como, sin más lucha, los castilla se iban adueñando de todo lo que habíamos ganado con nuestra sangre, con nuestras armas, con nuestro esfuerzo quienes componíamos la Triple Alianza. Quedamos pasmados, atónitos, paralizados, incapaces de actuar. Todo sucedía tan rápidamente. Entonces intervino el destino. Llegó un gran número de castillas de donde sea el maldito lugar de donde vienen, en busca, según dijeron, del capitán Malinche para apresarlo: clamaban que era un rebelde a su rey, que iba prófugo. Muchos pensamos que al fin nos libraríamos de él.[6] Subestimamos su valentía y astucia. Partió a la costa con unos cien de sus hombres. Por la noche atacó por sorpresa el campamento de sus contrarios y los venció, aumentando su fuerza con varios cientos de guerreros castilla.

En su ausencia ocurrió en Tenochtitlan un horrible acontecimiento, que finalmente llevaría a toda la tierra a caer en una vorágine de muerte y destrucción, en la que nuestro mundo, nuestro ser, nuestro corazón, acabaría por ser destruido. Al partir hacia la costa dejó Tenochtitlan a cargo de uno de sus capitanes, al que llamábamos *Tonatiuh*, debido a su gran barba y cabellera rubia

[6] Expedición de Pánfilo de Narváez.

que semejaba el sol. En esos días se celebraban los festivales del mes de Toxcatl. Moctezuma y los nobles mexicas solicitaron permiso del *Tonatiuh* para realizarlos; se los concedió. Se encontraban en pleno festival, danzando, desarmados, vestidos con sus mejores galas, con sus más hermosos plumajes, con sus más ricas joyas, cuando, repentinamente, los cuatro accesos a la plaza del Templo Mayor fueron bloqueados por unos castilla bien armados, mientras el resto, empuñando sus espadas y lanzas de hierro, arremetieron contra los indefensos guerreros, hiriéndolos y matándolos con gran furia. Fue una verdadera carnicería. Los mexicas caían decapitados, se enredaban en sus propios intestinos que brotaban de los profundos tajos infligidos en sus vientres por las filosas espadas de acero. Resbalaban en su propia sangre, en su propio vómito. Algunos trataron de huir escalando los muros, pero fueron alanceados sin piedad. Todos murieron. Acabaron con la flor y nata de los temidos guerreros mexicas. Si a ellos podía sucederles eso, nadie estaba ya a salvo. Fue la gota que derramó el vaso. Toda Tenochtitlan se levantó en armas. Sitiaron a los castilla en el palacio de Axayácatl. El capitán Malinche regresó de la costa con cientos de soldados. Los mexicas le permitieron entrar por una de las calzadas a fin de poderlos matar más fácilmente una vez dentro del palacio. La furia contenida de los mexicas cayó sobre ellos. Tras unos días de combate, los castilla se encontraron en situación tan desesperada que decidieron huir como su única posibilidad de salvación. Una noche oscura iniciaron su salida por una de las calzadas. A pesar de todas sus precauciones, no pudieron evitar ser descubiertos. Los mexicas los atacaron, por ambos lados de la calzada, a bordo de sus canoas. El pánico, el pavor de la muerte, se adueñó de los castilla. Cientos perecieron, al igual que miles de sus aliados tlaxcaltecas. Debo admitir que en tales circunstancias el capitán Malinche mostró gran valor. Logró sacar a la mitad de sus hombres a tierra firme, desde donde, desconsolados, exhaustos, heridos y acosados, se dirigieron a Tlaxcala, su único refugio posible. No sé por qué en esos momentos los mexicas no acabaron con ellos. Para nuestra posterior desgracia, en Tlaxcala los recibieron bien. Ahí se rehicieron, preparándose para la venganza.

VII

En las largas horas de soledad que paso en mi celda, pienso en las palabras de Zumárraga acerca de su religión, que dice ser de amor, y no puedo evitar rememorar lo que he vivido y oído acerca del comportamiento de los castilla, que poco tiene que ver con lo que argumenta. Tal vez deba hacer una excepción con los primeros frailes, pero tras ellos llegaron los llamados curas, y eso fue la peor abominación. Con sentimientos cercanos al odio, recuerdo uno de los casos más sonados e indignantes.

Uno de esos que los castilla llaman "clérigos", de nombre Pedro Díaz, fue asignado a un poblado de Acolhuacan, en mi tierra, por ello sé bien lo que sucedió. Cuando llegó a su parroquia, construida con el sudor y el trabajo no remunerado de los nuestros, era joven, muy dado a las mujeres. A falta de las de su tierra empezó a procurárselas entre las nuestras, siempre de mala manera, aunque dicen que hacen votos de castidad y no deben tocar hembra. Algunas noches solía vestirse como nativo, con un maxtle, al que tanto denigran, para pasar desapercibido; así, acompañado por un alcahuete nativo, acudía a las casas de las mujeres que le gustaban, ya fuese en su pueblo o en los vecinos, doncellas o casadas, que poco discriminaba en tales asuntos. Hablaba con ellas. Mediante promesas falsas, chantajes, sobornos, dádivas, amenazas de castigo corporal o incluso de muerte para ellas y para sus parientes si no aceptaban o si levantaban cargos ante las autoridades inquisitoriales (aunque si llegaban a hacerlo sabía muy bien que en tal caso le habían de creer a él y no a los nativos), abusaba de ellas en ese momento, o les exigía que fueran a verlo a su iglesia, donde con más facilidad podía violarlas. En ocasiones se llevaba a la sacristía a las que, yendo a confesarse u oír misa, le gustaban. Allí podía solazarse con ellas a su antojo. Llegó a comprar esclavas a las que mantenía ocultas en una recámara. Una nativa, su cómplice, se encargaba diariamente de llevarles alimentos y de sacar el bacín para limpiarlo. Cierta noche se produjo un incendio en la casa. El clérigo, temeroso de que alguien viera a las mujeres, sacó a toda prisa las vestiduras, los adornos para el altar y los demás artilugios sagrados de su oficio, que guardaba en dos grandes arcas, las tiró al suelo sin respeto ni consideración alguna, metió a dos de sus mujeres en cada arca, donde quedaron apretadas como sardinas, y las exhortó a guardar absoluto silencio y a no moverse, bajo amenaza de graves penas. Ajustó las cubiertas del cierre y ordenó llevar las arcas a la iglesia y depositarlas frente al altar. Colocó sobre ellas unas mantas y algunos objetos de su oficio. Las cuatro mujeres permanecieron en las arcas todo el tiempo que tomó reparar las habitaciones. Eso no le impidió oficiar la misa a su lado, pese al mal olor que empezaban a despedir, ya que a veces las mujeres no aguantaban más y se veían forzadas a hacer allí mismo sus necesidades. Sólo por las noches las sacaba y se echaba con ellas frente al altar.

A una de sus esclavas, por razones que desconozco, la trasquiló y azotó en la sacristía hasta que le sangró la espalda, después la puso en un cepo. Sí, tienen cepos en los patios de las iglesias, donde castigan a quienes les da la gana, a pesar de ese mandamiento que nos obligan a repetir de memoria de "amarás a tu prójimo como a ti mismo". En el cepo la volvió a azotar porque se negaba a comer y a beber. Al poco tiempo a la pobre mujer se le agusanaron las heridas, a consecuencia de lo cual murió.

Cuando los nativos le preguntaban al clérigo si acaso no era pecado fornicar, como lo aseguraba en la doctrina, les respondía: "Todos somos pecadores". La única doctrina que les daba la sacaba de un librito con imágenes, que todos debían de memorizar. Estando así las cosas, se aproximó la fecha en que su señoría, el obispo Zumárraga, haría su visita pastoral a la parroquia de Pedro Díaz. El clérigo decidió armar una intriga aprovechando esa oportunidad, pues temía que las autoridades nativas del pueblo lo acusaran ante el obispo; corrían rumores de que tenía esa intención el señor local, al que ahora llaman "cacique" o "mandón", que suplía a nuestros anteriores calpixques, encargados de meternos a todos al redil, y a los que yo prefiero decirles "mandoncillos". Díaz conocía bien ciertos rituales nuestros, pues alguna vez había fungido como intérprete de los inquisidores, y luego por medio de las confesiones, enterándose así de muchas de nuestras costumbres. Con el auxilio de dos castilla como cómplices, se agenció una estatuilla, una de los que ellos llaman "ídolos", la cubrió con papeles pintados, confeccionó algunas ofrendas: envoltorios de copal, cuchillos de obsidiana, etcétera. Obligó a ciertas mujeres a que colocaran todo ello en casa del cacique. Otro cómplice debía tocar una caracola cerca de ahí, de manera que se escuchara en la iglesia el día y hora de la misa. Su sonido interrumpió el oficio. De inmediato el clérigo convocó a los fieles a ir tras los idólatras, encabezándolos. Llegaron a la casa del cacique y entraron al aposento donde estaba la ofrenda. Eso fue pretexto suficiente para que fuera tomado preso por el alguacil y llevado con grilletes ante los inquisidores para ser juzgado. Los falsos declarantes afirmaron haber encontrado al cacique y a su hermano tan tomados que no se podían mantener de pie, gritando lo que nombran "herejías"; es decir, nuestros viejos cantos; que al irrumpir en los aposentos otros borrachos huyeron; que llevaban una guirnalda en la cabeza y sartas de flores en el cuello y en las manos; que dos compinches sostenían al cacique por las axilas, como lo hacían con los antiguos sacerdotes; declararon también haberle oído decir que bebía la sangre de Cristo al ingerir pulque.

Por mucho que el cacique negara su culpa, Pedro Díaz bien sabía que la palabra de un nativo no bastaba para descalificar la de un sacerdote. Tras meses de interrogatorios y torturas, pues los inculpados se empeñaban en aseverar que sus cargos habían sido fabricados, tanto el cacique como dos o tres de sus allegados fueron encontrados culpables del delito de idolatría, bajo las nuevas leyes de los castilla, claro está, y sentenciados a tres años de trabajos forzados. Encadenados, fueron conducidos a la plaza pública, los escoltaban un escribano y tres testigos. En la plaza el pregonero declaró a viva voz tanto sus culpas como su sentencia. Fueron puestos a la venta en almoneda pública. Un comprador cerró el trato por sesenta pesos de oro, con la condición de que se le dieran los presos herrados en los pies. El tesorero del Santo Oficio recibió el pago, comprometiéndose a devolver al comprador una parte si los presos se fugaban o morían antes de tiempo. Firmaron el contrato.

Meses después, los castilla que habían participado en la conjura, desavenidos con el párroco Díaz, presentaron una denuncia contra éste. Lo acusaron de levantar falsas imputaciones al cacique, de llevar una mala vida, de ser apóstata y renegado. Zumárraga se sumió en la consternación. Aquí debo reconocer su honestidad, pues investigó el caso y Pedro Díaz fue sentenciado a prisión perpetua. Pero la historia no tiene un final feliz, ¿cual historia en que participan estos usurpadores la tiene? Antes de un año de encierro, Pedro se fugó gracias a una barra de metal que le agenció un clérigo tahúr. Con ella hizo un hoyo en el muro de su prisión y se marchó con gran sigilo al puerto de Veracruz donde abordó en secreto un navío con la complicidad del capitán. Llegó a Santo Domingo desde donde embarcó a Castilla. Allá adujo ante las altas autoridades que había sido injustamente juzgado, que había ido a Castilla con grandes privaciones y riesgo de su vida para pedir justicia. Lo que llaman el Real Consejo, no queriendo hacer público ese tipo de escándalos para no intranquilizar la conciencia de los creyentes, decidió encubrir a Pedro, como lo hizo y lo sigue haciendo con muchos otros clérigos disolutos y pederastas que asuelan el Anáhuac. Así, para nuestra desgracia, Pedro regresó a su parroquia. Ni siquiera se le aplicó el "castigo", como a veces se hacía, de cambiarlo a otra. Al poco tiempo tomó venganza de un criado nativo que había atestiguado contra él. Le dio de palos, le echó unos cordeles en los pies, esposas en las manos y lo colgó cabeza abajo, descolgándolo por la noche, eso por varios días, sin darle de comer, hasta que acabó por desnucarlo. Lo peor estaba por venir. Su criminalidad llegó al punto de que violó a una niña de diez o doce años que resultó ser su propia hija, cosa que, como es muy sabido por todos, no es infrecuente entre estos "hombres de Dios", pues suelen tener hijos e hijas con sus mancebas sin siquiera llegar a conocerlos.

Cuando se lo eché en cara a Zumárraga, éste, muy apenado, bajó la vista; respondió tartamudeando que se daban casos así, más no por ello debemos juzgar a todos los religiosos ni a la Iglesia católica. Le digo que bajo nuestras leyes, a las que tilda de "diabólicas", esas cosas jamás habrían ocurrido, y si sucedían eran castigadas a la primera infracción con la pena de muerte.

VIII

¿Cómo es que hemos caímos tan bajo? ¿Cómo es que hemos quedado huérfanos y desheredados en tan corto tiempo? Sigo rememorando, tratando de entender qué fue lo que sucedió.

¡Cómo lamento que los mexicas no hayan exterminado a los castilla cuando huían de México-Tenochtitlan! Fue el mejor momento para desembarazarnos de ellos. Tal vez otros hubieran llegado después, pero las condiciones habrían sido diferentes, habríamos estado preparados para defendernos. Eso no sucedió. Refugiados en Tlaxcala, los castilla restañaron sus heridas. No pasó un mes antes de que salieran de nuevo, en plan de guerra total, contra los mexicas, apoyados, claro está, por los tlaxcaltecas y otras tribus, sin cuya participación poco o nada habrían logrado. Los tlaxcaltecas eran enemigos acérrimos de los mexicas desde mucho tiempo atrás; en su odio contra éstos, no se detuvieron a pensar que eran el factor principal de la destrucción tanto de nuestro mundo como del de ellos. Poco a poco los castilla y sus aliados fueron venciendo a las poblaciones que rodean los lagos del valle de México. Mientras tanto les seguían llegando refuerzos a las playas de Chalchiucueyehcan, que subían a la meseta a engrosar sus tropas. Conforme sus armas predominaban, empezaron a llegarles embajadas de regiones lejanas para buscar su amistad y alianza, tanto era el encono que todos sentían contra los mexicas. ¿No fue acaso la avaricia y crueldad de los mexicas las que sentenciaron a muerte a nuestro mundo?

Los males no acabaron allí. Con los castilla nos llegó otra horrible peste, una enfermedad llamada hueyzáhuatl, "gran lepra", que cubre el cuerpo de llagas y tras fuertes fiebres sobreviene la muerte; de ella han perecido cientos, miles. Los pocos que sobreviven quedan marcados por horrendas cicatrices en el rostro y en el cuerpo de por vida. El nuevo tlatoani mexica, Cuitláhuac, pereció víctima de ella tras un breve reinado. Los castilla se jactan que a ellos no los ataca; proclaman que es una enfermedad enviada por su dios como castigo a nuestros grandes pecados. Pero también a causa de ella murió Maxixcatzin, uno de los cuatro señores de Tlaxcala, que era su gran aliado. Cantidad de guerreros mexicas perecieron. Cuauhtémoc sucedió a Cuitláhuac como huey tlatoani, joven valeroso y bravío que luchó por los suyos hasta el último momento. Al igual que su antecesor, envió embajadas a diversos señoríos, pidiéndoles una alianza contra los castilla, prometiendo grandes mercedes. Obtuvo una respuesta casi nula.

Acolhuacan y su capital Texcoco no podían quedar fuera de la catástrofe que asuela estas tierras. Tras varios triunfos, el capitán Malinche decidió trasladar su cuartel general a Texcoco, pues los poblados cercanos eran ricos en alimentos para abastecer a sus tropas, y quedaba más cerca para la ofensiva, situada como está en la costa este de los lagos.

Esta vez no pude escapar de su odiada presencia. Muchos abandonaron la ciudad, temerosos, llevándose sus bienes y su familia; muchos más se fueron a Tenochtitlan, a engrosar las fuerzas de Cuauhtémoc, donde ya estaba nuestro tlatoani Cohuanacotzin. Yo, como muchos de los que permanecimos, observé la entrada de las tropas castilla y de sus aliados. No quise irme a la ciudad mexica que me traía tan malos recuerdos, ni huir sin más ni más.

Entraron altivos, con sus caballos, perros, armas de metal, estandartes desplegados, con la soberbia retratada en el rostro. Tras ellos miles de sus aliados tlaxcaltecas y de otros pueblos, adornados con penachos e insignias multicolores, desafiantes, altaneros, lanzando gritos de triunfo, blandiendo sus armas. Nosotros no osábamos responderles, ni siquiera movernos. Se dirigieron al gran complejo del palacio real, donde se alojaron.

¡Ay Texcoco, Texcoco, mi amada ciudad!, centro de la sabiduría de todo el Anáhuac, la ciudad del gran Nezahualcóyotl, del gran Nezahualpilli, tan grande y hermosa, ¡cómo te han ultrajado, cómo te han destrozado! Los tlaxcaltecas saquearon las casas de los nobles e incendiaron buena parte de los palacios de Nezahualpilli. Desde lejos veíamos cómo las llamas iban engullendo todo, grandes bocanadas de humo subían hasta el cielo. Las lágrimas corrían imparables por nuestras mejillas; nuestras gargantas, atenazadas por la angustia, no lograban emitir el grito de ira, dolor y odio que se atoraba en ellas. Lo peor fue que perecieron en el fuego los archivos reales, en los que se guardaba nuestro conocimiento, nuestra memoria, nuestro corazón, nuestra raíz y fundamento; fue una pérdida irreparable.

El capitán Malinche nos designó un nuevo señor, Tecocoltzin, hermano de Cohuanacotzin y de Ixtlilxóchitl, quien, para vergüenza nuestra, se unió a los castilla, junto con miles de sus guerreros. Hasta nuestros oídos llegaron los ecos del lamento de Cuauhtémoc al saber que había perdido para su causa este gran señorío, uno de las dos fuertes columnas de la Triple Alianza. El mundo se desmoronaba bajo nuestros pies.

Pronto ocuparon a nuestra gente, y mucha más, a miles, para levantar fortificaciones en Texcoco y ensanchar algunos canales, por los que se decía iban a meter a la laguna enormes barcas para la lucha por agua. Las trajeron desarmadas desde Tlaxcala, a través de las montañas, ante nuestras asombradas miradas, cargadas por miles de tamemes escoltados por cientos de guerreros tlaxcaltecas. En Texcoco fueron armadas y botadas al lago doce de ellas. Si perdían el control de los lagos, los mexicas estaban condenados.

Fue entonces cuando decidí irme de Texcoco. Los tlaxcaltecas se paseaban por las calles, alardeando de su amistad con los castilla; decían que pronto serían los amos y señores, los dueños de todo. Saqueaban a su placer, tomaban a nuestras mujeres. Era demasiado humillante verlo y sentirse impotente, además los castilla empezaron a aplicar severas medidas contra nuestros santuarios y sacerdotes. Me fui junto con mi hermano Mixcóatl al poblado donde nací, donde vive aún mi querida madre, renombrada mujer de sabiduría, muy apreciada por sus palabras, por saber curar las enfermedades; con ella aprendimos el uso de ciertas hierbas medicinales, además de muchas otras cosas de nuestro viejo conocimiento, como interpretar las imágenes reflejadas en el agua, la posición en que caen los granos gordos de maíz, o cuando está enojada Chicomecóatl, la llamada Siete Culebra, y provoca la enfermedad, la pérdida del tonalli, de nuestro ser, o de cómo Tláloc y sus tlaloques causan las dolencias derivadas del frío y de la humedad de las aguas, o por el abuso del pulque; cómo es Xochiquetzal quien da las sarnas, los tumores y otras enfermedades contagiosas; o Xólotl Nanahuatzin, el que se arrojó a la hoguera en Teotihuacán para convertirse en Sol, da las úlceras, el escurrimiento de ojos, y castiga los excesos sexuales, al igual que Tlazoltéotl, señora de la medicina; mi madre nos enseñó que las cihuateteo, mujeres celestes encargadas de acompañar al Sol durante el día son las primerizas muertas durante el parto, son las que en días aciagos pueden bajar a la tierra y desde la encrucijada de caminos adentrarse en cuerpos humanos, enfermar a niñas y niños con epilepsia, eclampsia y convulsiones, y tantas otras cosas que nos serían muy útiles en el próximo futuro.

IX

Zumárraga se empeña en hablar de religión, siempre con el propósito oculto de saber más de la nuestra para así combatirla mejor.

—Hijo mío, ¡me llenan de alarma y de congoja las innumerables tretas que Satanás ha urdido en esta desafortunada tierra, en el engaño en que los ha sumido! No cabe duda que es el príncipe de la mentira, de la astucia, de la artimaña. Como eso que me dices sobre que aquí también creen en una virgen que dio a luz.

Toda nuestra comunicación sigue siendo a través de un intérprete, que espero que traduzca de buena fe mis palabras.

—Así es su señoría. Coatlicue, nuestra señora madre, la de la falda de serpientes, se embarazó de Huitzilopochtli al ponerse en el regazo una pluma que cayó del cielo. Usted dice que la virgen madre de su dios fue embarazada por una paloma a la que llaman Espíritu Santo, no hay mucha diferencia. Hay quienes dicen que Miahuaxóchitl, la madre del tlatoani mexica Moctezuma Ilhuicamina, quedó preñada de él al tragarse un hermoso chalchihuite, oculto en una flecha disparada desde lejos por Huitzilíhuitl, su padre, y también nuestra señora Xochiquetzal se embarazó de Quetzalcóatl mediante un chalchihuite…

Zumárraga se llevó ambas manos a la cabeza con desesperación.

—¡Para, hijo del demonio; calla, hijo del diablo! —exclamó—. ¡Cada vez veo más pruebas de las engañifas del enemigo, de las mentiras que ha implantado entre ustedes para confundirlos! Bien Satanás sabía que los portadores del mensaje cristiano pronto llegaríamos a estas tierras a instruirlos en la verdadera fe, día que ha llegado, y por ello implantó creencias y rituales parecidos a los nuestros, pero malignos, para confundirlos más. Y tú, cabeza dura, no has entendido nada. Nuestra santa señora, la virgen María, no fue embarazada por una paloma, la paloma no es más que un símbolo del Espíritu Santo.

—Ah, ¿entonces fue un espíritu el que la embarazó? Nuestro señor Quetzalcóatl también tiene forma de ave, en él se mezclan el quetzal y la serpiente; también Huitzilopochtli tiene forma de colibrí...

—¡Calla, por el amor de Dios, calla! Las serpientes aparecen por todos lados en tu religión, qué mejor seña de la presencia del gran Leviatán, de la gran serpiente, del diablo, a quién la virgen María pisará la cabeza, como lo hace y hará en esta tierra maldita hasta purificarla. Métemelo bien en tu cabezota: el Espíritu Santo es una de las tres partes de la Trinidad, junto con Dios Padre y con Jesucristo, su hijo.

—Disculpe usted, su señoría, pero no lo entiendo, ¿se refiere a eso de *innominipaterfilius spiritusanctus* que ustedes repiten hasta el cansancio?, ya ve cómo soy buen discípulo. Dicen también que su dios es uno solo y que Jesús es su hijo; entonces ¿es uno o son tres? ¿Jesús es hijo de dios o es dios?

Me divierte sobremanera sacar de sus casillas al señor obispo, jugar con él como si fuera una pelota de hule, he ido aprendiendo cómo hacerlo. Veo que se desespera, que su rostro va adquiriendo una tonalidad cada vez más púrpura.

—Eso es un misterio que un recién converso como tú no puede entender —respondió—. Te llevaría toda una vida de estudio en las profundidades de la teología. Confórmate con creer lo que ha sido establecido por la Santa Escritura y por los santos padres.

—Me parece más sencilla nuestra creencia: Ometecuhtli, Señor Dos, dios supremo, padre de los dioses, y Omecíhuatl, Señora Dos, diosa suprema, madre de los dioses, fueron quienes crearon nuestro mundo. Tampoco entiendo eso de que la virgen María es madre de Jesús y también madre de Dios, porque si Jesús es Dios entonces sería esposa y madre a la vez de Jesús y también madre y esposa del Espíritu Santo, que dice su señoría que es Dios y que es una paloma, y ustedes dicen que la bigamia es un pecado, al igual que el incesto. Y esa ave María que menciona, ¿qué tipo de pájaro es?, si se come me gustaría comprar uno en el tianguis de México.

Zumárraga se tapa los oídos, me dirige una mirada furibunda y grita fuera de control:

—¡Calla, hereje, engendro del demonio, es el maligno quien pone estas palabras en tu boca! ¡Calla o te mandaré azotar hasta que entiendas! ¡Guardias, llévenlo de inmediato de regreso a su celda, antes de que acabe con mi paciencia!

Creo que esta vez fui un poco lejos, pero he de hacerle pagar en lo que esté a mi alcance, y en la monotonía de mis días es una distracción hacerlo enojar. Casi todo el resto del tiempo lo ocupan mis memorias.

X

Hasta nuestro pueblo llegaban las noticias, los rumores, estábamos muy pendientes de lo que sucedía, eran cosas extraordinarias, nunca antes vistas. Los mexicas quedaron finalmente sitiados en su ciudad. Con extrema ferocidad los combates se sucedieron día tras día durante unos tres meses. Por lo menos en ese tiempo nos dejaron en paz, sólo de cuando en cuando aparecía algún castilla escoltado por sus aliados, en busca de provisiones para sus tropas, sobre todo maíz, y aunque tratábamos de esconderlo empezamos a pasar hambre. Debo reconocer que aunque el espíritu guerrero y depredador de los mexicas no me es simpático, se batieron con gran valentía y bravura contra fuerzas muy superiores en número hasta que ya no pudieron más. La gran ciudad de México-Tenochtitlan cayó en manos de los castilla tras una feroz resistencia. Su tlatoani Cuauhtémoc, en compañía del nuestro, Cohuanacotzin, y de Tetlepanquetzaltzin, señor de Tlacopan, las tres cabezas de la Triple Alianza, además de varios otros señores y principales, intentaron escapar en canoas y fueron apresados en el intento. La gran urbe, la soberbia urbe que a todos tenía subyugados y temerosos, yacía por los suelos; sus grandiosos templos y palacios destruidos; su orgullo destrozado.

Miles de mexicas flaquísimos, en los huesos, amarillentos, tambaleantes, enfermos, con la mirada vidriosa, apagada, con la muerte en el alma, salieron de su ciudad llenando las calzadas.

Donde tocaban tierra firme los esperaban patrullas de castilla que los desnudaban, ya fueran hombres o mujeres, en busca de oro escondido, o se repartían a las jóvenes de buen ver, y luego, más allá, pasaban entre las burlas de sus enemigos reunidos para ver el espectáculo, que los despojaban de lo que no había interesado a los castilla, y los hacían arrastrarse por el lodo graznando como patos o croando como ranas. Los sobrevivientes se dispersaron por los pueblos vecinos. Los canales, las calzadas, las ruinas de México-Tenochtitlan estaban llenas de cadáveres en putrefacción, el mal olor se extendía por leguas. La noticia de la derrota de los poderosos mexicas llegó a toda la tierra, causando pavor, gozo y asombro entre los diversos pueblos. Muchos enviaron embajadas al capitán Malinche para hacer un pacto de amistad y de alianza, arguyendo que no querían provocar su ira y despeñarse junto con los mexicas.

Durante los siguientes meses los castilla se ocuparon en buscar oro en diversas partes del Anáhuac, y en limpiar Tenochtitlan de cadáveres y escombros, para lo que emplearon a los mismos mexicas y a otras tribus. Muchos canales fueron rellenados con cascajo; los santuarios, templos y palacios mexica empezaron a ser desmantelados para con sus piedras construir las mansiones de los conquistadores.

Todo esto nos permitió gozar de un periodo de cierta tranquilidad en Acolhuacan, que aproveché para seguir aprendiendo las artes de la curación con mi querida madre, al igual que lo hacía mi hermano Mixcóatl. Los curanderos son muy apreciados entre los nuestros. Yo entreveía la necesidad de encontrar una manera de sobrevivir, y al mismo tiempo de defender nuestra cultura, nuestras creencias en este nuevo mundo que empezaba a perfilarse ante mis ojos, en el que los castilla serían sin duda los amos. Procuraba pasar lo más desapercibido posible, pues en Texcoco, al igual que dondequiera que estuvieran los castilla y sus achichincles nativos, se tenía ojeriza contra los sacerdotes y los aprendices del Calmécac. Muchos fueron asesinados.

Pasados unos dos años y medio tras la caída de Tenochtitlan, llegaron sus primeros religiosos, esos que llaman frailes, tres de ellos, que luego supe que eran de la llamada orden de San Francisco, desembarcaron en Chalchiucueyehcan, en la costa del Golfo, desde donde pasaron al valle hasta llegar a Texcoco; allí fueron alojados en el palacio de nuestro difunto tlatoani Nezahualpilli. En un principio se dedicaron a aprender nuestra lengua, el náhuatl, así como a adoctrinar a algunos hijos de los principales y a enseñarles castilla. No fue mucho más lo que pudieron hacer por ese entonces. Uno de ellos, un tal Pedro de Gante, llegó a ser muy reconocido por su empeño en enseñar a los nuestros su religión y costumbres.

Nueve meses después llegaron otros doce. Ello marcó el fin de nuestra relativa tranquilidad. Nos llegó noticia de que ya venían subiendo al valle. Se hablaba de su gran humildad, de pobreza, de que se negaban a recibir los regalos que les ofrecían, a diferencia de sus codiciosos compatriotas. Se decía que al pasar por Tlaxcala los nativos los señalaban con el dedo al tiempo que decían "*motolinía, motolinía*", que traducido al castilla significa "miren que pobres", por lo que uno de ellos decidió llamarse así en adelante. El capitán Malinche dio la orden de que en todos los pueblos por donde pasaran los frailes fueran bien recibidos y festejados. Esta vez, preso de la curiosidad, fui a observar su llegada a Texcoco. Me confundí entre la multitud que les hizo valla en la calzada principal. Abrían la marcha grupos de danzantes de diversos sitios que se les habían incorporado por el camino; acompañados por sus instrumentos musicales, cabrioleaban levantando el polvo de la calzada, prestando con sus penachos y vestimentas colorido y alegría al espectáculo. Tras ellos marchaban varios castilla bien armados, a los que seguían los frailes a paso lento. Para mi sorpresa, su apariencia era totalmente diferente a la de nuestros conocidos verdugos. Venían a pie, vestidos con un largo manto café, viejo, cubierto por el polvo del camino, en partes remendado, ceñido a su cintura por un cordón blanco cuyos extremos bajaban casi hasta sus pies descalzos; llevaban la cabeza tonsurada; eran de mediana edad, uno que otro con canas, se apoyaban en báculos, sonrientes, haciendo a su paso la señal de la cruz con el brazo tendido y los dedos pulgar e índice cruzados. Cerraban la procesión otros castilla armados y algunos de sus aliados. El acompañamiento militar restó sencillez a su llegada, dejando entrever que su presencia sería apoyada por medio de la fuerza. En la plaza principal los esperaban el capitán Malinche y sus secuaces, montados a caballo, soberbios, vestidos con sus mejores galas, rodeados por los señores y principales nativos luciendo relucientes adornos de plumas. Los frailes llegaron cerca del capitán Malinche. Para sorpresa de todos, el arrogante conquistador, el orgulloso vencedor de los mexicas, descendió de su caballo, se arrodilló humildemente ante ellos y besó sus mantos y sus manos; lo mismo hicieron sus capitanes tras él y, siguiendo su ejemplo, también los principales de los nativos. El capitán Malinche tomó la palabra; nos dijo cómo ésos eran hombres santos, hombres de Dios, dedicados a su servicio, que venían a enseñarnos la verdadera fe, a salvar nuestras almas de las llamas del infierno; debíamos obedecerlos en todo como si se tratara de su propia persona. Luego los llevó al palacio de Nezahualcóyotl, donde fueron alojados.

Al día siguiente ofrecieron su primera misa, que así llaman a su ceremonia religiosa, efectuada en la explanada de la plaza mayor, frente a un altar levantado justo ante nuestro Templo Mayor, al que llaman la gran pirámide. Todo alrededor, el altar estaba cubierto por enramadas y flores; desde varios pebeteros a sus lados se elevaba el humo y el aroma del copal. Adelante, cerca del altar, estaban el capitán Malinche, sus capitanes y soldados, vestidos con sus mejores galas, en actitud muy contrita; tras ellos los señores y principales nativos y luego una multitud de gente del pueblo llena de curiosidad, entre los que yo me encontraba. Intenté acercarme lo más que pude, sin llamar la atención, para observar la ceremonia. El fraile que la oficiaba nos daba la espalda; yo no entendía nada, ni siquiera lo que decían, que tampoco era en castilla sino en una lengua que llaman latín. De cuando en cuando los castilla respondían en coro en esa misma lengua a algo que decía el fraile. Alcancé a entender algo así como *spiritumtuom*, luego empezaron a darse golpes de pecho diciendo algo que sonaba como *meaculpa*. Pasado cierto tiempo, otro fraile que estaba cerca del oficiante hizo sonar una campanilla, instrumento traído por los castilla, que pareció ser la señal para que todos ellos cayeran de rodillas, levantando un eco metálico con sus espuelas y armas de hierro. Enseguida, tomando un pequeño objeto circular blanco con ambas manos, el fraile oficiante lo levantó hacia los cielos. Los castilla bajaron las cabezas. El fraile partió el objeto y se llevó una parte a la boca. Entonces se oyeron más tintineos de la campanilla; el fraile elevó una copa, la bajó y tomó un poco de su contenido. Los castilla pasaron uno a uno al frente, donde el fraile les iba poniendo sobre la lengua pedacitos de esos objetos blancos, que se tragaban derramando abundantes lágrimas. Esta parte de la ceremonia me recordó la que se efectúa en la fiesta de Huitzilopochtli, aquella que narré a Zumárraga, para su gran consternación. Después supe que, en efecto, era una comunión con su dios Jesusmaría, que decían que estaba en ese objeto que llaman hostia. Lo curioso es que a pesar de considerarla sagrada continuamente usan la palabra ¡hostia! para lanzar maldiciones.

Poco después, los frailes partieron a México. Allá decidieron cómo se repartirían nuestros territorios entre ellos y salieron en parejas hacía diversas cabeceras del valle, donde deseaban fundar lo que llaman monasterios o conventos, en México, Texcoco, Tlaxcala, Huejotzingo y varios otros sitios. Fue entonces que arreció nuestra desgracia.

XI

El sol asomaba sus primeros rayos sobre el horizonte, el aire se sentía fresco sobre mi piel desnuda, jirones de niebla se desvanecían como visiones espectrales entre los árboles. Entré a la choza para despertar a Mixcóatl, nunca bueno para madrugar. Tendido sobre su petate, roncaba a pierna suelta. Tuve que darle varias sacudidas. Tomamos un poco de atole de maíz que calentó nuestra madre sobre el fogón, tras atizar un poco los rescoldos de las brazas. Nos echamos un poco de agua fría, restregándonos con el zacate, nos lavamos la boca, nos despedimos de nuestra madre y enfilamos por el sendero que conducía a la plaza del poblado. Conforme avanzábamos más personas se nos unían, todos hombres. Los trinos mañaneros de las aves aliviaban un poco nuestra preocupación. Habíamos sido convocados por el "cacique" o "mandoncillo". Estábamos intrigados y no poco inquietos. Desde que los castilla se habían ganado la complicidad de las autoridades políticas locales ya no sabíamos qué esperar. Muchos señores legítimos habían perdido su mando por no considerarlos los castilla suficientemente complacientes a sus órdenes, y habían sido suplantados por otros que lo eran, algunos de ellos simples macehuales. Quienes querían conservar su puesto y privilegios, o incluso su vida, debían someterse. Entre otras, sus tareas consistían en reunir a los de sus barrios para llevarlos al catecismo y a la misa, presentar al obispo en su visita a los no confirmados, vigilar que todos se bautizaran y confesaran, procurar la celebración en regla de los matrimonios, vigilar el bien avenirse de los casados, reprimir y denunciar los adulterios, los concubinatos, a los ebrios, los vendedores de licor, los brujos y a los que fomentan las creencias antiguas.

La plaza del pueblo no es muy grande; para cuando llegamos estaba casi llena de gente, todos igualmente intrigados; nadie sabía bien a bien por qué se nos convocaba y se hacían diversas conjeturas. Tuvimos que esperar un buen tiempo. El sol iba ya cerca del mediodía cuando al fin compareció el mandoncillo. Con aires de suficiencia, se paró sobre una pequeña tarima de madera en el centro del lugar, nos barrió con su mirada y, al parecer satisfecho, nos dirigió la palabra:

—Nuestro señor Malinche ha dado orden para que, con la ayuda y el trabajo de todos los hombres de la región, auxiliemos a nuestros santos padres a levantar un templo a Dios.

¿Un templo? ¿Qué templo? ¿A cuál dios? El de los castilla, por supuesto, ¿cuál otro? De eso se trataba, con nuestro sudor y sangre tendríamos que construir los templos de sus dioses, que presagiaban la destrucción de los nuestros.

—Nos iremos turnando —continuó—, cierto número de hombres cada semana, como siempre lo hemos hecho para los trabajos colectivos. Se pasará lista cada mañana; espero que no sea necesario tomar medidas contra los renuentes. Deberán traer sus propios alimentos, si es que quieren comer, y obedecer a los santos padres como si se tratara de mi propia persona.

Con el ánimo triste regresamos a nuestro hogar. No había manera de esquivar el asunto, la única opción era huir y escondernos en los montes, como ya lo habían hecho algunos, sobre todo los pertenecientes al viejo sacerdocio o a las familias de los gobernantes caídos en desgracia.

El día asignado para nosotros acudí junto con Mixcóatl, llevando un zurrón con tortillas, frijoles y algo de pinole. No teníamos idea de cómo sería ese templo que debíamos levantar, ¿tal vez algún tipo de pirámide? El sitio estaba bien escogido, sobre una elevación desde donde se domina la vista del valle circundante; en ella se levantaba un pequeño santuario al que acudían peregrinos en determinadas épocas del año.

Nos reunieron frente a los dos frailes a los que les tocaba esta región. Uno de ellos empezó a sermonearnos por boca del intérprete. Tras la consabida prédica de que venían a enseñarnos la verdadera religión y a salvarnos del infierno, prosiguió hablando acerca del gran beneficio que resultaría para nuestras almas trabajar en la construcción de esa casa de su dios (siempre salen con eso de las "almas", palabra que no acabo de entender; la traducen al náhuatl como *teyolia*, "lo que da vida", y dicen que sale del cuerpo tras la muerte y se la lleva o bien Jesusmaría o bien su mentado Lucifer); el fraile prosiguió diciendo que ya veríamos como Satanás huiría muy rápidamente de nuestra tierra, incapaz de soportar la presencia divina (sin embargo, en su doctrina nos dicen que su dios está en todos lados, ¿entonces por qué sólo cuando tuviera esa "su casa" estaría presente? Son muchas las inconsistencias de sus prédicas). Al final rezaron sus paternóster y avemaría, que algunos de los nuestros trataron de seguir tartamudeando, y nos dieron lo que llaman "la bendición", con el brazo extendido, los dedos de la mano formando la cruz, murmurando eso de *nominepater filiusspiritus* y no sé qué más.

El primer día que fuimos nos repartieron en cuadrillas, cada una al cuidado de alguno de los maestros constructores nativos, de los que había en abundancia en Acolhuacan. Éramos un buen número de hombres. La mayoría fue asignada a abrir amplias trincheras en la tierra para colocar los cimientos. El tamaño de la construcción no era despreciable, pero no le encontraba forma, parecía ser algo así como una mansión o palacio. A nosotros nos tocó demoler el santuario cercano. Muy clara se veía la intención de suplantarlo por el suyo. Con azadones y picas de madera, el ánimo por los suelos, lo fuimos desmantelando. El maestro nos indicó cómo ir colocando las piedras por tamaños y formas en una explanada cercana, ya que serían utilizadas para la nueva construcción. Cierta noche, antes de iniciarse las obras, las imágenes de nuestros dioses habían sido retiradas subrepticiamente por algunos de los nuestros y ocultadas con gran secreto, para gran enojo de los frailes. Por más que se hicieron amplias investigaciones e interrogatorios nunca se supo más de ellas.

Al inicio y al final de cada jornada de trabajo, los frailes nos hacían repetir alguna de sus oraciones y nos daban su "bendición". Pronto supimos a qué se había referido el mandoncillo al mencionar que se tomarían "otras medidas" contra los recalcitrantes, pues un par de días después de iniciadas las labores ordenó dar de latigazos, en plena plaza pública, a dos o tres faltantes al trabajo, con lo que todos nos cuidamos de no faltar.

Como éramos muchos, la obra avanzó a paso acelerado. Poco a poco iba tomando forma. Al frente estaba un gran patio o plaza, donde se amontonaban los materiales de construcción. Los muros de lo que llaman "la iglesia" iban en progreso; la parte mayor era la del "convento", donde vivirían los frailes; tendría algunas recámaras, comedor, cocina, lugar de reuniones, una cárcel, y junto al convento se levantó un gran anexo de materiales más ligeros del que no entendíamos cual sería el uso. Pronto lo sabríamos.

El cuerpo de la iglesia se fue recubriendo. Fuimos levantando una extraña construcción a la que llamaban "la capilla". Para techarla armamos una cimbra de madera, sobre la cual se colocaron piedras labradas de cierta manera, apoyadas unas contras otras. Cuando se terminó de ponerlas nos ordenaron quitar la madera de la cimbra. Nos resistimos a obedecer, temerosos de que toda la piedra del techo se derrumbara sobre nuestras cabezas. Nos veíamos unos a otros, indecisos. El maestro nos amonestó y prácticamente nos empujó a cumplir sus órdenes. Fuimos quitando uno a uno los soportes de madera que sostenían la cimbra, no sin dirigir a cada rato ansiosas miradas al techo. Al fin retiramos la última y al mismo tiempo, sin perder ni un segundo, salimos corriendo del lugar. A cierta distancia nos detuvimos y volvimos las miradas atrás. La construcción no se había desplomado. Con precaución, nos fuimos aproximando hasta la entrada para echar una mirada al techo. Con gran asombro, observamos que las piedras se sostenían por sí mismas. Parecía algún milagro efectuado por sus dioses. Excitados, empezamos a intercambiar impresiones. El maestro, riendo burlonamente, nos informó que eso era lo que se llama una "bóveda". Nunca antes habíamos visto algo parecido.

Trabajábamos cantando, para hacer menos dura la jornada. A veces intentábamos introducir alguno de nuestros cánticos religiosos, pero los traidores y delatores, que los había, enseguida se lo decían a los frailes, que nos ordenaban callar o entonar algunos de los suyos propios, como uno que empezaba "Oh Malía, madle mía…" Sus cantos tienen algo de melancólicos, y los encuentro menos rítmicos y alegres que los nuestros.

Más de uno murió durante los trabajos, ya sea del cansancio o del hambre, o de ambas cosas acumuladas, o aplastados por alguna viga o piedra grande. Los llevábamos a enterrar en un espacio cercano, al que llamaron "cementerio". Los frailes decían que era terreno santificado y que desde allí tendríamos un mejor camino a su "cielo"; también nos hacían colocar cruces de madera sobre los pequeños montículos de tierra que marcaban las tumbas.

Cada semana, cuando nos tocaba el turno, nos despedíamos de nuestra madre diciéndole que de nuevo íbamos allá a Sanjosé, pues así llamábamos a todas sus iglesias. Salíamos formaditos en fila, tras haber pasado lista con el mandoncillo. Los frailes decían que ese Sanjosé era el "patrono" de los franciscanos, y además de toda esta tierra. Ya nos habían mostrado una imagen de ese extraño personaje, pintado en un lienzo de mediano tamaño. Es de piel blanca, con una gran barba y cabellera entrecana; su cuerpo está cubierto con una larga vestidura azul y lleva un báculo en la mano. Los frailes decían que era el esposo de su virgen María, mas no era el padre de su hijo, que era su dios. ¡Pues si que tenía una extraña familia ese dios suyo!

Una vez le dije a Zumárraga que no entendía nada de esa familia; que la tal María, siendo esposa de ese Sanjosé, le había sido infiel al preñarse con la paloma espiritusanto y, como uno de sus mandamientos era no fornicarás, había pecado. El buen fraile se jaló los pocos pelos que le quedaban en la cabeza, me llamó hijo de Satanás y me despidió a gritos de su presencia, tildándome de contumaz, cabeza dura, y mil epítetos más, lo cual me llenó internamente de alegría.

La ceremonia de inauguración del convento fue hecha en grande. Los acolhuas se formaron en procesión, tras un piquete de castillas bien armados y de los frailes que les seguían. Fue todo un espectáculo con grandes cruces de madera llenas de flores, con pendones multicolores, con imágenes de sus dioses o santos como les dicen a veces, con sahumerios que lanzaban nubes de denso humo y llenaban el espacio con olor a copal, con diversos grupos de danzantes. Como no cabíamos en el interior de la iglesias su misa fue hecha en el exterior, práctica que había empezado en México Pedro de Gante, y que se aplicó en todo el valle, ya que los llamados "conversos" eran siempre multitud.

Esos conventos fueron una piedra más, una gran piedra, sobre nuestra tumba, sobre la profunda tumba que cavaron los castilla para arrojar en ella nuestras tradiciones, nuestros viejos dioses y creencias. Anteriormente, cuando carecían todavía de edificios propios, los frailes andaban un poco perdidos en su tarea de convertirnos; nos congregaban en patios o en nuestros propios templos, a los que llamaban "salas antiguas". Ahora, con los conventos construidos, exigieron a los principales entregarles a sus hijos para tenerlos como internos. Entonces entendimos el porqué del anexo. Allí empezaron a cambiarlos, a sacarles de la cabeza todo lo que les habían enseñado sus abuelos, sus padres, a reemplazarlo con sus propias enseñanzas, aprovechando sus mentes frescas. Con el auxilio de estos niños y jóvenes, los frailes aceleraron el aprendizaje de nuestra lengua, haciéndose como infantes de nuevo. Se ponían a jugar con sus pupilos en los ratos de recreo, con papel y tinta siempre a la mano para anotar las palabras que decían los nuestros, poniendo al lado lo que creían que era la traducción. Por la tarde se reunían y comparaban notas. Sus mismos pupilos les enseñaban y corregían. Por su parte, los muchachos fueron aprendiendo castilla rápidamente. Cuando pudieron comunicarse un poco unos con otros, los pupilos les hicieron cantidad de preguntas para las que antes no tenían respuestas.

En cuanto a nosotros, empezaron a adoctrinarnos en masa. Al principio trataron de convertir a los caciques, con la esperanza de que todo el pueblo los siguiera. Lo primero que les empezaron a enseñar fue a persignarse. Sin saber náhuatl, los frailes tenían que predicar a señas. Para dar a entender el infierno señalaban hacia abajo, para el cielo hacia arriba, pero no los comprendíamos. A veces se servían de cuadros pintados, de imágenes que mostraban el cielo, el infierno y lo que llaman purgatorio. Iban de pueblo en pueblo mostrándolas. Yo vi algunas de ellas; recuerdo que la del infierno mostraba a hombres y mujeres en medio de grandes llamas, elevando los brazos, con rostros contorsionados por el dolor, mientras que unos seres extraños, rojos y feos, con cuernos en las cabezas los torturaban horriblemente con trinches y cuchillos; casi todos los que estaban en ese infierno tenían un aspecto parecido al de nosotros; en los lienzos que mostraban el purgatorio, se veían muchas personas arrodilladas, con las manos unidas en oración, mirando hacia el cielo con gran añoranza; casi todas eran castilla; en los lienzos que mostraban el cielo, se veía lo que ellos llaman un "ángel", con figura de castilla, vestido con una faldita y llevando alas en la espalda; este "ángel" llevaba en las manos una espada de fuego con la que cuidaba la entrada de este cielo, mientras que en la parte superior, entre las nubes, se veía a su gran dios sentado en un *icpali*, a la manera de un poderoso tlatoani, con larga cabellera y barba blancas, ropajes del mismo color y un resplandor alrededor de su cabeza; a su lado estaba otro castilla, con una gran cruz en la mano, todo vestido de rojo, y sobre ellos dos se mantenía en el cielo, con las alas abiertas, una paloma blanca también resplandeciente; a los lados y bajo ellos estaban muchos castilla de rodillas, dirigiendo la vista hacia su dios o sus dioses con los semblantes arrobados, mientras por aquí y allá revoloteaban varios "ángeles". Yo observaba con detenimiento las imágenes, tratando de entender qué significaban para mejor comprender al enemigo, a los castilla. Los jóvenes pupilos pronto aprendieron a pintar imágenes de los dioses y santos castilla, por lo que en todos los pueblos y en muchas casas los había, a veces puestas lado a lado con las de nuestros dioses, que a los frailes les parecen tan feos y monstruosos, y de los que no se cansan de repetir que son imágenes del diablo, sin entender su significado y menos su simbolismo.

Una vez pude ver algo curioso y cruel a la vez. En vez de cuadros pintados, un tal fray Luis Caldera viajaba de pueblo en pueblo con una especie de horno portátil que llevaban cargando algunos nativos. Al llegar a las plazas en días de mercado empezaba a convocar a la gente a grandes voces, aunque nadie entendía su lengua. La muchedumbre, curiosa, se aglomeraba a su alrededor. Ordenaba entonces armar el horno, prendía fuego al carbón y mandaba a sus servidores que echaran en su interior algunos perros y gatos que traían en jaulas. Los aullidos y maullidos de dolor de las bestias infundían en todos un profundo horror. Entonces a señas trataba de decirles que así es el infierno.

No negaré que los frailes han tenido un gran impacto sobre muchos de nosotros. Vemos el gran respeto con que los tratan los orgullosos conquistadores. Además se parecen a nuestros sacerdotes: mortifican sus cuerpos, duermen sobre un vil petate, como almohada usan un pedazo de palo, o un manojo de yerbas secas, comen parcamente algunas tortillas de maíz con algo de chile, o capulines o tunas, apenas si encienden fuego para guisar. A veces, a la hora de la comida, van a la plaza o al mercado a pedir por amor de Dios algo de comer. Desprecian el oro y las cosas del mundo. Muestran gran mansedumbre, humildad, honestidad, amor y caridad. Tratan de proteger a los nuestros de la explotación y vejación a la que estamos sujetos. Siempre cargan ellos mismos su zurrón y manto, sin consentir que nadie lo haga por ellos. Muchos han despertado entre los nuestros un cariño entrañable. Lo que odio de ellos es su falta de discernimiento para ver lo que de bueno tiene nuestra religión ancestral, que es mucho, que la rechacen como una cosa mala, como salida de su mentado diablo, y traten de imponernos sus creencias, ¿por qué no dejan que cada quién crea lo que quiera?

También hay quienes afirman que los frailes no son como los demás hombres; unos dicen que nacen por sí mismos, o que son los frailes legos las madres que los paren. Otros creen que son difuntos y que sus hábitos son sus mortajas, que por la noche, cuando regresan a sus aposentos, desaparecen de la tierra y van a reunirse con sus mujeres en el infierno, pues en la tierra no las tienen, dejando acá sus huesos y sus hábitos. Algunos dicen que el agua bautismal es sangre, y que al bautizar a los niños los frailes les hienden la cabeza, por lo que pueden morir. O que los franciscanos nacieron con todo y hábito, sin jamás ser niños. O que al celebrar la misa hacen lo mismo que nuestros brujos: ver en el agua para adivinar.

El siguiente paso de los frailes fue ir traduciendo lo principal de su doctrina al náhuatl. Conociendo nuestra propensión al canto, la compusieron para ser canturreada, con buen éxito; la gente de los pueblos empezó a entonarla en coros a diversas horas del día, privados como estaban de hacerlo con sus propios cánticos religiosos.

XII

Temprano, la mañana de un domingo, me presenté con Mixcóatl al pase de lista del mandoncillo, que nos había convocado.

—Océlotl.

—Presente.

Esta vez no había ausentes; tras acabar con su lista, nos dijo que los frailes habían dispuesto que a partir de ese día, y todos los domingos subsecuentes, tendríamos que acudir a la misa que se daba en su iglesia, al igual que los días festivos, que eran muchos. Después de misa nos darían la doctrina. Enfilamos rumbo al convento, en procesión, cada barrio o pueblo por sí, con la cruz por delante, rezando y cantando por el camino. Mixcóatl y yo íbamos cabizbajos, pretendiendo sentir lo que no sentíamos, de momento no podíamos hacer otra cosa. Al llegar al templo nos contaron de nuevo; si el conteo no salía bien, pasaban lista de nuevo.

Nos reunieron en el atrio del convento, donde por lo general nos congregaban, aunque a veces lo hacían en el cementerio, que eran los lugares más grandes al aire libre. En el centro del atrio se levantaba una gran cruz, en torno a la cual nos formaron para recibir la doctrina; las mujeres de un lado, los hombres del otro. Todos debíamos repetir en voz alta, dos o tres veces, lo que decía el fraile.

Al principio reíamos y nos burlábamos discretamente de la manera como nos adoctrinaban. Querían que aprendiéramos de

77

memoria algunas oraciones, de esas en latín. Como nos era difícil aprender tantas palabras nuevas, sin saber siquiera lo que querían decir, intentaron algunos trucos. Debíamos contar las palabras de la oración con piedritas, o con granos de maíz, así "Padre nuestro" era igual a una piedrita, "que estás en el cielo", otra, etcétera, o buscar palabras en náhuatl que sonaran parecidas a las latinas, que entonces los frailes dibujaban en orden sobre un papel. Por ejemplo para *Pater* dibujaban *pantli*, que era una banderita que usábamos como símbolo del número veinte, para *noster* era *nochtli*, tuna, etcétera, con lo que se podía entender "veinte tuna" en vez de padre nuestro. ¿Sé da usted cuenta, señor Zumárraga, de lo que podíamos sacar de todo eso?

Primero nos enseñaron cómo hacer la señal de la cruz, a lo que siguieron algunas oraciones como el padrenuestro, el avemaría, la *salveregina*, el credo, catorce artículos de la fe, los diez mandamientos de su dios y los cinco de su iglesia, los siete sacramentos, los pecados que llaman veniales, los mortales o capitales, etcétera. Toda una retahíla de cosas sin final y sin sentido, a la vez que se esforzaban por hacernos olvidar los nombres de nuestros dioses, a los que nunca llamaban por su apelativo, sino con el genérico de "demonios" o "diablos".

XIII

Zumárraga me habla de su dios Jesucristo, aduce que vino a salvar a la humanidad de no sé qué pecado "original" a través de su sacrificio. Le digo que nuestro Sol, el quinto, nació también a través del sacrificio, y que las gentes se sacrifican por todos los demás para que siga funcionando, para que la vida siga.

—Hijo mío —me dice pacientemente—, cómo resiento las argucias que el demonio ha traído a estas pobres tierras. Nuestro Señor Jesucristo murió crucificado porque así estaba escrito desde el principio de los tiempos, morir así fue su libre elección, lo hizo para salvarnos a todos, para que podamos compartir con él la vida eterna en el cielo, para cambiar la muerte en vida; en cambio, aquí, ustedes hacen verdaderas carnicerías, sacrificando a prisioneros de guerra, a esclavos, a niños indefensos, y lo que es aún más abominable, se comen su carne. Gracias a Dios eso ya se acabó, aunque bien sabemos que aún lo efectúan de cuando en cuando en secreto, pero si los cogemos el castigo es muy severo. ¿Dime, por qué esa crueldad, por qué esa abominación de comer carne humana, por qué le creyeron al maligno?

—Su señoría —respondo—, yo no sé de ningún maligno. El sacrificio se ha practicado por largo tiempo en nuestras tierras, desde nuestros ancestros, desde nuestros abuelos, pero solamente en ocasiones muy especiales. Fueron los mexicas los que lo llevaron a extremos nunca antes vistos, desde que su tlatoani Moctezuma

Ilhuicamina, junto con su hermano, Tlacaélel, así lo dispusieron con el fin de sembrar el terror entre todas las naciones, con el fin de hacerse pasar como el pueblo elegido para mantener el Quinto Sol.

—¿Pueblo elegido? Vaya que es curioso. Los antiguos israelitas se consideraban elegidos por Yahveh. Los mexicas, ¿quién dicen que los eligió?

—Alegan que fue su dios, Huitzilopochtli. Como ya se lo he dicho, en el pasado ha habido cuatro soles, cuatro creaciones que terminaron mal. Al terminar el Cuarto Sol, los dioses se reunieron en lo alto de la pirámide, allá en Teotihuacan, para deliberar cómo dar nacimiento al Quinto Sol, de modo que la vida siguiera, que hubiera humanidad que alabara y alimentara a los dioses. Decidieron que uno de ellos tendría que sacrificarse para renacer como el Quinto Sol. Prendieron una enorme hoguera allá en lo alto de la pirámide. Un voluntario debía arrojarse a ella. Era tan ardiente que nadie se atrevía. Al fin lo hizo Nanahuatzin, el bubosillo, el deforme. Los dioses esperaron ansiosamente el amanecer, preguntándose si habría una nueva mañana, si saldría el Sol de nuevo, si habría vida de nuevo. Al amanecer, Tonatiuh surgió radiante —no quise mencionarle al segundo dios que se arrojó a la hoguera tras Nanahuatzin, que fue convertido en la luna al arrojarle los dioses un conejo, para que no hubiera dos soles, Zumárraga sólo se burlaría de lo que llama mis "supersticiones"—. Pero este Sol se mantenía fijo, sin movimiento, necesitaba más energía. Entonces los dioses se mortificaron, sacándose sangre de sus orejas, de su lengua, de sus brazos y piernas, de su pene, con puntas de maguey. Gracias a ello el Sol empezó a moverse. Por eso es que para que siga la vida el Sol necesita alimentarse de la energía que está en la sangre humana. El sacrificio toma la energía de algunos humanos para el bien de todo el resto, esto también es transformar la muerte en vida. Los mexicas inventaron que Huitzilopochtli les había conferido la tarea de alimentar el Sol con esa sangre, que ellos eran los encargados de mantener el orden cósmico; por tanto, todos los demás pueblos estaban obligados a reconocer su supremacía, a aceptar su dominio.

—Gracias a Dios, ya se les acabó ese dominio. ¿Y la bestialidad de comerse a los sacrificados, para qué, por qué?

—Discúlpeme, su señoría, ¿no dicen ustedes que se comen el cuerpo de su Cristo y se beben su sangre? Yo no los he visto hacerlo, tal vez lo hagan muy en secreto.

—¡Engendro de Satanás! ¡Cabeza hueca! ¡Qué poco has entendido de la doctrina que por años se te ha dado! Eso no es literal, es un símbolo. El cuerpo de Jesucristo está en la hostia con que se comulga, y su sangre en el vino consagrado. Lo hacemos en recuerdo de su Última Cena, porque así nos lo pidió; ése es el milagro de la transustanciación, así participamos de su divinidad.

El intérprete se puso visiblemente nervioso, no encontraba la traducción a nuestro idioma de esa extraña palabra "transustanciación", pues no la hay; trató entonces de darme una definición, pero no entendí nada.

—¿Trans… qué?, disculpe su señoría, pero no lo entiendo. Aquí también se dice que al comer la carne del sacrificado, que representa a un dios, participamos de esa energía divina.

La ira de Zumárraga empezó a manifestarse en su rostro, que iba subiendo de color. Me despidió de su presencia con palabras poco amables.

XIV

El capitán Malinche se fue a las tierras de los mayas para castigar a no sé qué castilla que dicen se le había insubordinado. Quienes vieron su partida contaban que salió en grandísima compañía de guerreros nativos, mexicas, acolhuas y de otros señoríos, llevándose con él a nuestros señores: a Cuauhtémoc, tlatoani de México-Tenochtitlan; a Cohuanacotzin señor de Acolhuacan; a Tetlepanquetzaltzin, señor de Tlacopan, y a varios otros principales, así como a su intérprete y amante inseparable, la tal Malintzin, a la que ellos llaman doña Marina. Uno de los acolhuas que sobrevivió a esa expedición nos relató los sucesos. Pasaron mil penalidades en los pantanos, las selvas intransitables y las grandes marismas de las tierras bajas. Un día, cuando estaban perdidos y atemorizados, en medio de una selva impenetrable, un traidor contó al capitán Malinche que los señores planeaban rebelarse aprovechando la debilidad y el poco número de los castilla. Presa del miedo, el capitán ordenó arrestarlos y los sentenció a muerte sin juicio alguno. Cuauhtémoc fue colgado de una ceiba, al igual que Cohuanacotzin, que pudo ser salvado de momento por su hermano Ixtlilxóchitl, pero murió a los pocos días.

La penosa marcha no sirvió de nada. Cuando llegaron finalmente a su destino, el castilla rebelde había sido ejecutado por otros partidarios del capitán Malinche. Entre tanto en México-Tenochtitlan los castilla se peleaban entre sí, presas de su mortal ambición de poder y de mando. Arreciaron los abusos y la represión contra nosotros. Corrían muchos rumores de que nos íbamos a rebelar, ¿cómo podríamos hacerlo sin nuestros dirigentes, descabezados, sin armas y sin ánimo? Pero esto les sirvió para dar un fuerte golpe a nuestra religión, azuzados por los frailes.

XV

Un domingo, temprano por la mañana, llegó corriendo una de nuestras gentes, sin resuello, dando grandes voces de alarma.

—¡Los castilla están demoliendo todos los templos de Texcoco! ¡Ya viene en camino una partida para acá. Están revisando casa por casa!

A toda prisa escondimos donde pudimos las imágenes sagradas que guardábamos en nuestras casas y santuarios. Todo mundo corría de un lado para otro en gran confusión y zozobra. El mandoncillo vanamente trataba de poner orden.

Al poco rato llegaron. Al frente venían nuestros dos frailes, sudorosos, excitados, con la cara como jitomates. Los acompañaban un piquete de castilla bien armados, así como multitud de los chiquillos que entrenaban y un grupo de macehuales provistos de coas y otros instrumentos.

El mandoncillo dio orden de que nos reuniéramos en la plaza. Uno de los castilla habló por medio del intérprete:

—Por órdenes de su majestad, el emperador Carlos V, todos los ídolos demoniacos de este pueblo deben ser entregados y destruidos de inmediato. Los templos del diablo serán derruidos. Quien oculte imágenes o se niegue a cooperar será castigado severamente. Así que ¡andando! Traigan todas las cosas del diablo aquí, a la plaza.

Nadie se movió. Estábamos paralizados, presas del estupor. Los castilla, seguidos por los macehuales y los muchachos, subieron al templo, derribaron los ídolos escalones abajo y le prendieron fuego. Lo mirábamos arder estupefactos, incapaces de movernos. De pronto, salido de todas las gargantas, surgió un prolongado lamento, un alarido sordo, las lágrimas corrían incontenibles por las mejillas, acompañadas de ahogados sollozos. Los jóvenes que iban con ellos, conociendo bien tanto la población como a sus habitantes, guiaron a los castilla a las casas de los principales sospechosos, a las que entraban y revolvían todo sin importarles las protestas. Poco encontraron gracias al aviso anticipado que recibimos. Lo que se halló, así como algunas cosillas del culto que llevaron los más temerosos, se juntó en un montón en medio de la plaza, donde le prendieron fuego.

Después organizaron una misa, a la que por fuerza tuvimos que asistir. Terminada ésta, nos volvieron a endilgar un sermón sobre lo erróneo y diabólico de nuestras creencias, amenazando con castigos a los recalcitrantes, tanto en este mundo como después de la muerte en su horrible infierno.

En Texcoco pasó lo mismo, pero a mayor escala. En nuestra ciudad capital se levantaban varios de los mayores y más hermosos templos del Anáhuac. Eran nuestro orgullo, la alegría de nuestros corazones. Los sacerdotes fueron expulsados violentamente del Templo Mayor ese primer domingo del año, que por lo mismo era día de mercado. Se ofició la misa de rigor. Repitieron el sermón tan conocido acerca de nuestros errores. Enseguida derribaron escalones abajo las imágenes sagradas y prendieron fuego a los santuarios. La multitud llenaba la plaza, pero nadie se atrevió a hacer nada más que lamentarse y llorar. Lo mismo hicieron en México, Cuauhtitlán, Tlaxcala y Huejotzingo.

Le reclamo esas brutales acciones a Zumárraga. Su señoría se jacta de que han destruido cientos de templos y miles de ídolos, de que ha sido gracias a ello que nos ha entrado tanto miedo, que la evangelización avanza a grandes pasos.

—De eso debes dar gracias; ¿has imaginado lo que sufrirás por toda la eternidad en las llamas del infierno si persistes en tus errores? Debes dar gracias de que hayamos llegado para salvarlos de ese horrible destino; no hemos venido aquí a castigarlos, bien sabemos que no es culpa de ustedes estar en el error, ya que desconocían al verdadero Dios, es culpa del demonio, es otra de sus grandes culpas que lo condenan para siempre a morar en la oscuridad y en el odio. Hemos venido aquí para enseñarles la verdad, para salvarlos. ¿Es que no te das cuenta todavía de que Jesucristo es más poderoso que todos los que ustedes llaman dioses? ¿Acaso no los ha derrotado? ¿Acaso Hernán Cortés no triunfó sobre los mexicas y muchos otros debido a que es siervo del verdadero Dios?

—Disculpe, su señoría, pero el capitán Malinche y sus castilla no hubieran podido triunfar sin el decisivo auxilio de nosotros, los acolhuas, de los tlaxcaltecas, de los totonacas y de muchos otros, y ellos no eran siervos del que llama "verdadero Dios".

Zumárraga se me queda viendo un instante, pronto encuentra su respuesta.

—En eso te equivocas, hijo mío, los señores de todos esos que mencionas habían sido ya bautizados, al igual que muchos de sus vasallos.

Prefiero cambiar el tema, le digo que los cristianos tienen muchas imágenes de sus dioses, entonces, ¿por qué nosotros no podíamos tenerlas de los nuestros?

—Te he dicho hasta el cansancio que las imágenes que mencionas no son de dioses; son de los santos, de la virgen María, de Jesucristo. Solamente hay un Dios.

—Entonces todas esas imágenes que ponen en sus altares, y en los nuestros en vez de las que tenemos, todas esas imágenes que reparten y que pintan los jóvenes alumnos del tal Pedro de Gante, ¿no son también dioses?, ¿entonces por qué las adoran?

—Ya te he dicho muchas veces que sólo hay un Dios; las imágenes son de los santos que están en la gloria con Jesucristo; fueron hombres que dieron la vida por su fe, que vivieron con gran virtud, y no los adoramos, sólo les pedimos que intercedan por nosotros ante el único Dios verdadero.

—Es entonces como si nosotros pintáramos a los grandes sacerdotes de Huitzilopochtli, de Tláloc, de Quetzalcóatl, y los pusiéramos junto a las imágenes de los dioses, pero eso no se le ocurre a nadie, pues son sólo hombres que no tienen poder divino.

Este diálogo no nos llevó a ninguna parte, como de costumbre. Espero que mis interrogatorios no hayan influido en la decisión que tomó Zumárraga de ordenar la quema de los pocos libros de sabiduría que aún conservábamos. Por todos lados los frailes echaban a la hoguera cualquier texto de los nuestros que cayera en sus manos. Así nos hemos ido quedando sin memoria, sin sabiduría.

XVI

Las cosas empeoraron tras la destrucción masiva de nuestros santuarios e imágenes. El miedo se apoderó de nosotros. Sentimos que hay ojos y oídos en todas partes. Los muchachos de los frailes, al igual que buena parte de la población que se ha resignado o aceptado la nueva religión, están todo el tiempo pendientes de cualquier indicio de lo que llaman idolatría o paganismo. Si algunos de los nuestros se reúne para efectuar algún cántico o celebración, por pequeña que sea, sólo es menester que el fraile envíe algunos de los jóvenes, provistos con sus cuentas que llaman rosario, o alguna otra muestra de que vienen en su nombre, para que los inculpados se dejen atar como perrillos y sean conducidos al convento para su castigo.

Nosotros los humanos, en nuestra debilidad, impotencia y dolor, sujetos a la enfermedad y la muerte, necesitamos recurrir a algo superior, a la divinidad, para que nos de vida, alimento, fortaleza, y como nos han despojado tan rápido y violentamente de nuestros templos y dioses, la gente no tuvo más alternativa que adorarlos en secreto o adoptar por su propia voluntad los dioses y los templos de los castilla.

Una vez construidos sus conventos, los frailes se llevaron a un mayor número de jóvenes como internos, sobre todo a los hijos de los principales; los demás muchachos, a los que llaman "la gente baja", sólo acuden ciertos días a la doctrina; algunos ancianos de los pueblos son los encargados de reunirlos, llevarlos al convento y regresarlos a sus casas. Así nos los han ido robando, tiernitos, a cientos de ellos, tal vez miles, para formarlos a su manera, en contra de nuestras antiguas enseñanzas.

Muchos principales han intentado evadir esta orden de los castilla. Esconden a su hijo mayor, envían en su lugar algún hijo de sus sirvientes o vasallos, o a un hijo menor, que se hace pasar por él. Al paso del tiempo esto les salió peor, pues los pupilos, adoctrinados por los frailes, han ido ocupando los puestos de mando en nuestras comunidades, convirtiéndose en instrumentos muy eficaces de los castilla para dominarnos cada vez más. Les sirven de denunciantes o de espías, de propagandistas, de intérpretes, son uno de sus mejores instrumentos para la conversión. En los lugares donde los señores enviaron con engaños al hijo de un vasallo en vez de al propio, sucede ahora que es éste quien ostenta el mando, quien se convierte en lo que llaman "el cacique" local. Es así como se han ido adueñando del poder. Primero eliminan a nuestros legítimos gobernantes, aquellos que eran árboles de gran sombra para nosotros, nuestro muro, nuestra pared, e imponen en su lugar a títeres manejables; después, y de la misma manera, lo hacen con los señores locales en cada región, en cada comunidad, en cada pueblo. Al principio muchos temían perder sus prerrogativas si se aliaban con los castilla, pero al encontrar un acomodo con ellos dejaron su resistencia, y los que no lo hicieron fueron sustituidos por la fuerza.

Los jóvenes internos reciben un adoctrinamiento más completo. Sus madres los abastecen de comida, de ropa y de otros menesteres, y son cuidados y vigilados por algunos viejos nativos. Viven y duermen en los anexos de los conventos, sin tener permiso ni siquiera de hablar con sus padres, aunque pueden ver a sus madres por unos momentos cuando les traen de comer.

Son muy astutos estos frailes; una vez enterados acerca de nuestra costumbre de enviar a los hijos a los colegios del Calmécac o el Telpochcalli, tomaron ventaja de ello y adoptaron la práctica. ¡Pero qué diferencia!, en el Calmécac aprendíamos a tener un rostro, a tener un corazón, era donde el muchacho se hacía uno verdadero, donde aprendíamos la flor y el canto, única manera de decir palabras verdaderas en la tierra, a no crecer con el corazón torcido; era allí donde las palabras de nuestros maestros se esparcían como jades y chalchihuites finos, como plumajes ricos de perfecto colorido; allí aprendíamos las artes del guerrero, los rituales de nuestra religión, los atributos de las diversas divinidades, los himnos y cantos religiosos, el ceremonial y culto que se debe a cada uno; participábamos en las diversas festividades que se les ofrecía a lo largo del año; aprendíamos los mitos y leyendas, las danzas sagradas; aprendíamos a dominar las emociones y pasiones, a entregarnos a lo conveniente, a lo recto, a tener respeto y obediencia a quien lo merecía; a interpretar la escritura negra y roja, plasmada en los papeles de amate; aprendíamos la cuenta de los días, del tiempo; nos ejercitábamos en el arte de la declamación, de la poesía, del lenguaje verbal y corporal cortesano; estudiábamos la técnica de interpretación de los sueños; observábamos los cielos; memorizábamos los nombres, movimientos y poderes de los cuerpos celestes aplicables a la astrología, al tiempo de los rituales, de la agricultura, y nos inculcaban los preceptos morales de los antiguos. En cambio ahora, en los conventos, los frailes tratan por todos los medios a su alcance de hacer olvidar a los pupilos lo concerniente a nuestra religión, a la herencia de nuestros padres y abuelos. Mañana y tarde les machacan lo que llaman "catecismo", cánticos, oraciones, mandamientos de su religión; también les enseñan castilla, y esa otra lengua llamada latín que no sé para qué sirve. En Texcoco, Pedro de Gante fundó la primera escuela castilla, y no mucho después la de México, nombrada de San José de los naturales.

Este Pedro de Gante es muy taimado, estudia lo mejor que puede nuestras costumbres para aprovecharse de ellas en beneficio de los suyos. Se dio cuenta del gusto que tenemos en participar con cantos y danzas en las celebraciones a nuestros dioses, de que las hacemos (hacíamos) con gran colorido y suntuosidad. Dedujo que si no nos daban algo parecido a cambio iba a ser mucho más difícil cambiarnos las creencias, que seguiríamos con las nuestras en secreto, o que caeríamos en la ociosidad y los vicios. Quería evitar que germinara nuestra nostalgia, nuestro deseo por la vieja vida ceremonial perdida, así que puso la doctrina castilla en canto; ocupó a nuestros pintores para copiar sus imágenes sagradas a fin de usarlas en las danzas, en las procesiones, en los altares, en las casas; se las ingenió para dar colorido a las ceremonias y celebraciones, sustituyendo a las nuestras. Obtuvo un gran éxito. Nuestra gente empezó a acudir por miles a sus solemnidades, por lo que este método de Gante se ha instituido por todos lados.

Siguiendo este mismo procedimiento de tomar nuestras costumbres, cambiando sólo nuestros dioses por el suyo, o los suyos, cosa que no acabo de entender si es uno o son tres o cuántos son, los religiosos llenan sus iglesias de flores, de velas, de incienso, de imágenes. Copian todo lo que pueden de nuestros ritos, de nuestros templos, dándoles su propio contenido. Como veían que nuestros santuarios eran muy grandes, hicieron los suyos de gran tamaño, tanto que, en caso de necesidad, les pueden servir también de fortalezas.

En la misa de los domingos y días de fiesta sus iglesias, sobre todo lo que llaman el altar mayor, se iluminan con abundancia de velas, se adornan con cantidad de flores y ramos. Sus ceremonias son casi siempre acompañadas de música y de canto, por lo general un canto llano, a veces secundado por alguno de sus instrumentos musicales y de los nuestros: órganos, flautas, clarines, cornetines, trompetas, pífanos, trombones, chirimías, dulzainas, sacabuches, vihuelas, atabales, que ya me he aprendido sus nombres a fuerza de participar; algunos son traídos desde Castilla, otros son hechos aquí por nuestros artesanos, siguiendo las instrucciones de los frailes.

Organizan con frecuencia grandes procesiones en las que abundan los estandartes coloridos, las danzas, la música. Cuando se efectúan por la noche, semejan un mar encendido de cirios, que alumbran a gran cantidad de flores, de ramas, de arcos de triunfo muy adornados, a las muchas imágenes de los Jesusmarías y de sus llamados "santos", llevadas en andas con gran devoción, incensándolas con pebeteros humeantes, llenos de copal. Para compensar nuestra costumbre de mortificarnos la carne con puntas de maguey, han instituido la flagelación de la espalda, cosa que muchos hacen durante las procesiones.

¡Ah, pero eso sí, han prohibido, bajo severas penas, las insignias, máscaras, cantos, danzas, historias, etcétera, que remotamente les huelan a nuestro llamado "paganismo"! Prohibieron las danzas antes del amanecer. Prohibieron todo: la interpretación de los sueños, la ingestión de hongos sagrados o de otras plantas similares, o beber pulque; dicen que eso nos lleva a borracheras diabólicas, a visiones malignas, a supersticiones, a delirios, a locura y lujuria ¡Qué poco entienden acerca de su verdadero significado! El uso que damos a los honguitos, por ejemplo, es siempre en nuestros rituales religiosos, pues bajo sus efectos podemos participar un poco en la naturaleza divina, lo que no he sentido nunca tras ingerir su cacareada hostia.

Los cantores a los que entrenan se han vuelto insoportables. Su única ocupación es la de cantar, no hacen otra cosa, aparte de seducir a nuestras mujeres y sentirse los grandes personajes, vestirse galanamente y encandilar a la gente en contra de nuestros señores naturales.

XVII

Su señoría me manda llamar de nuevo. Como de costumbre, me indica sentarme en un banquillo cercano a su escritorio. Me observa detenidamente y dice:

—Hijo mío, la paz de nuestro Señor Jesucristo sea contigo. Hoy quiero hablar contigo de nuevo sobre las serpientes. Veo que no has entendido su verdadero significado. Sé que ustedes las adoraban, que aún las adoran en secreto; aparecen por todos lados, en sus templos, en sus imágenes diabólicas. Ya debes saber que el gran enemigo, el diablo, Satanás, es también la Gran Serpiente, la que engañó a nuestra madre Eva, por cuya culpa fuimos expulsados del Paraíso. Está escrito que la Virgen aplastará la cabeza de la serpiente. Para mí es muy claro que esta constante presencia de la serpiente entre ustedes indica la manera en que han sido sometidos a los engaños de Satanás.

—Su señoría —le respondo, con la calma y la serenidad que siempre utilizo con él, así como con sutil ironía, suficiente para sacarlo de sus casillas—, yo no conozco a esa tal Eva, aunque si sé de nuestra madre, Tonantzin, ni sé que será ese paraíso, ¿alguien habrá regresado de allí para contárselo a usted? Yo no he visto a nadie subir allí donde dicen que iremos, junto a su dios, y si eso significa estar allá arriba y para siempre en compañía de los castilla, prefiero no ir.

—Nuestro Señor Jesucristo nos hizo la promesa de que si creemos en él iremos al Paraíso; en cambio, a ti, pobre criatura incrédula, ¿qué te espera?, las llamas del infierno seguramente, ese que ustedes llaman, ¿cómo?...

—El Mictlán, su señoría.

—¿Milán?, ésa es una ciudad de Italia.

—Yo no sé qué es eso de Italia. El Mictlán, su señoría, es donde van casi todos los muertos. En cuanto a la serpiente trataré de explicárselo de acuerdo a mis pocos conocimientos, mejor podrían hacerlo nuestros sabios, pero ustedes los han matado. La serpiente es un símbolo, una representación, como muchas de las cosas que aparecen en las imágenes de nuestras divinidades, cosa que ustedes no entienden. Como ya le he dicho muchas veces, la serpiente representa la tierra, lo de abajo; muchas veces aparece emplumada en su forma de Quetzalcóatl. Representa así la unión de lo de abajo con lo de arriba, de la tierra y del cielo; simboliza el espíritu o el alma, como ustedes le llaman, que ha bajado y enseñado a volar a lo terreno, al hombre. No tiene nada que ver con eso que usted llama el demonio, que nosotros ni siquiera conocíamos antes de que lo trajeran ustedes como uno de sus dioses.

—No es uno de nuestros dioses, malhablado; si persistes en tu terquedad, tendré que mandarte azotar; ni siquiera haz entendido que sólo tenemos un Dios, uno sólo —espetó, con el rostro desencajado.

—No se sulfure su señoría, pero muchos de nosotros creemos que ustedes tienen por lo menos tres dioses, que son esa trinidad de la que hablan.

—¡Son ustedes unos recalcitrantes, cabezas duras! ¡No entienden nada por más que se les repita miles de veces! Hay tres personas distintas en un sólo Dios verdadero, ¡trino en persona, uno en esencia!, métetelo bien en la cabeza; ustedes no lo comprenden y hacen y dicen estupideces, como los que en vez de decirme señor obispo, o su señoría, me llaman Santísima Trinidad, o esos otros que comulgan hasta tres veces seguidas por creer que lo hacen en nombre del Padre, del Hijo y del Espíritu Santo, o los que creen que ese único Dios tiene tres nombres distintos. No pueden comprender que son de esencia diferente.

—¿Y cómo quiere que entienda eso de tres en uno y de esencias? O son tres o es uno. ¿Cómo va a ser padre e hijo a la vez, y también esa paloma que dicen que es un espíritu? Nosotros creemos que dos dioses crearon el mundo: de dos salen tres; de tres, cuatro; de cuatro, multitudes, ¿pero uno, cómo va a hacerse dos, o tres?

—Ése es un misterio que ciertamente tú no entenderás. Es el misterio de la creación.

—Será así, pero tres no pueden ser uno, así que yo creo que tienen más de un dios.

—Te he repetido hasta el cansancio que no son dioses, son santos, personas que vivieron de acuerdo a las enseñanzas del Salvador. No les pedimos que las adoren. Las imágenes no se adoran, son sólo representaciones.

—¿Y quién es ese otro dios al que llaman Salvador? Nosotros no adoramos las imágenes, bien sabemos que son sólo representaciones de nuestros dioses.

Zumárraga me despidió con el semblante descompuesto.

XVIII

Los castilla inexorablemente se fueron apoderando de nuestro mundo. Los señoríos, uno tras otro, fueron cayendo en sus manos crueles y ambiciosas, ya sea bajo el empuje de sus armas, o más bien de las de sus aliados, sobre todo de los tlaxcaltecas, de los que se hacen acompañar por miles, los muy cobardes, o por el sometimiento en paz de los que aceptan el vasallaje, temerosos de sufrir la destrucción que cae indefectiblemente sobre aquellos a los que llaman rebeldes recalcitrantes contra el emperador Carlos V. Nosotros mismos nos ponemos la soga al cuello, sin la menor preocupación ni reflexión por el futuro. Cayó el poderoso señorío de los purépechas, al que los mexicas nunca lograron subyugar. Su tlatoani, el caltzontzin Tzinzicha, fue vilmente torturado hasta la muerte por un tal Nuño de Guzmán. Lo colocaron en un petate, que enrollaron a su alrededor, y, ante sus vasallos, fue arrastrado por un caballo hasta morir. No contento con ello, Nuño ordenó que su cadáver fuese quemado hasta convertirse en cenizas que fueron dispersadas por el viento, de manera similar a como nuestros corazones están siendo calcinados, hechos cenizas, dispersadas por un enorme vendaval. Es como si el pasado nunca hubiera existido, como si todo hubiera sido sólo un sueño, convertido en una pesadilla de la que no podemos despertar. Cayeron también los señoríos zapotecas, los mixtecas, los huastecos, los totonacas y ¡tantos otros! Los castilla incursionan en tierras mayas, en Guatemala. En el norte chichimeca, Nuño de Guzmán efectúa matanzas y destrozos sin límites. Como una plaga de langostas, destruyen todo, dejando sólo desolación y miseria a su paso. Pronto serán dueños de todo, y nosotros, sus esclavos, huérfanos para siempre, desprovistos de raíces, como hojas muertas llevadas por un viento huracanado.

Nuestra situación ha empeorado tanto que hasta extrañamos al capitán Malinche, quien, por lo menos, mostraba tener un poco de corazón y supo ganarse la lealtad y la admiración de muchos de los nuestros. Tras una ausencia de año y medio regresó a Tenochtitlan desde las Hibueras. Lo único que logró con esa malhadada expedición a las tierras mayas fue que su mentado emperador le quitara el mando. Partió a Castilla a tratar de recuperarlo. Nunca lo logró. Para suplantarlo, su reputado emperador nombró como gobernantes de esta tierra, como si fuera la suya, y sin tomarnos para nada en consideración, a varios castilla, que formaron lo que llaman la primera Audiencia. Para presidirla el emperador no pudo encontrar a nadie peor que al gran asesino Nuño de Guzmán. Fue entonces que Zumárraga obtuvo su puesto de obispo y llegó con otros miembros de la Audiencia desde su lejana patria, más allá del mar, que yo diría que está en el fondo de su infierno.

Se dice que el emperador Carlos V recibía constantemente notificaciones de la mala situación imperante, de los continuos abusos que realizan sus súbditos en estas tierras, enviadas por los frailes o por aquellos que deseaban deshacerse de sus enemigos. Si suponía que las cosas por acá mejorarían al cambiar el gobierno, no obtuvo ese resultado. Los de la Audiencia, como buenos castilla, lo único que hacen es buscar todas las maneras posibles de enriquecerse lo más rápidamente que puedan a nuestras costillas. Violan a nuestras mujeres; nos reparten entre ellos para trabajar las tierras que nos han arrebatado; nos venden para laborar en sus minas, gratuitamente claro está; nos aumentan los tributos; nos azotan, nos tratan peor que a perros.

El destino, no contento con esto, se ensañó contra nosotros. Otra enfermedad, traída por los castilla, ha matado a miles: la llamada tepitonzáhuatl o "pequeña lepra", que parece no afectarlos a ellos. La fiebre se apodera de nuestros cuerpos, la nariz moquea, los ojos se nos ponen rojos como jitomates, la lengua se nos llena de llagas, por todo el cuerpo nos brotan granos que supuran con un líquido maloliente.

Mientras tanto los castilla se pelean entre ellos, como coyotes hambrientos, tratando de arrebatarse la codiciada presa. Yo trataba de mantenerme al corriente de sus actividades, con la esperanza de que se destrozaran solos, aunque saber con precisión qué pasaba no era cosa fácil, los rumores corrían libremente. Debo reconocer que Zumárraga tomó partido por nosotros, aunque no por nuestra cultura ni por nuestra religión. Una vez que se dio cuenta del inhumano maltrato que nos dan sus compatriotas, de su actuación licenciosa que no conoce límites, que poco o nada tiene que ver con las doctrinas cristianas de amor que tanto pregona, chocó fuertemente con ellos, sobre todo con los de la Audiencia. Valientemente les echó en cara su mal comportamiento, los amenazó con que el castigo divino caería sobre ellos, con poner a Carlos V al tanto de la situación imperante, notificándole cómo están destruyendo la tierra y a sus habitantes en lo que el emperador considera ya sus dominios. El enfrentamiento llegó al grado de que Zumárraga decidió imponerles un fuerte castigo para obligarlos a enmendarse; les aplicó lo que llaman la excomunión, bajo cuyo estado no podían comulgar con sus hostias, y cesó la celebración de misas. Los frailes abandonaron las iglesias de México-Tenochtitlan y se refugiaron en Texcoco. Pero al poco tiempo su señoría los perdonó y las cosas siguieron igual o peor, como si nada hubiera pasado. Mejoraron un poco con el regreso del capitán Malinche y con la llegada de la segunda Audiencia, que el emperador nombró para remplazar a la primera, debido a la abundante información que recibió acerca de su pésimo actuar. Fueron llegando también frailes de otras órdenes, los llamados agustinos y los dominicos, que también, como buenos castilla, riñen entre sí y con los franciscanos, en una vil pugna por nuestras almas, aunque yo pienso que es más bien por nuestros cuerpos y nuestros bienes, los pocos que todavía nos quedan.

XIX

Zumárraga sigue intrigado por las similitudes que, según él, tienen nuestra religión y la suya. Al parecer, aparte de su idea de que todo es un engaño del diablo, empieza a considerar otras posibilidades.

—Hijo mío, mucho me intriga que ustedes conocieran la cruz antes de nuestra llegada. Está en todos lados, en sus representaciones religiosas, en sus templos, en sus imágenes. ¿Cómo es eso posible? Por fuerza tuvo que enseñárselas algún cristiano, ¿sabes algo de eso? Tú recibiste una buena educación en esos colegios del diablo que tenían, ¿cómo se llamaban? ¿Calmeca?

—Sí, su señoría, se llamaban Calmécac. Esa imagen que usted llama cruz viene desde tiempos inmemoriales, y no tiene nada que ver con su Jesusmaría ni con sus cristianos. Representa las cuatro direcciones sobre la tierra, el norte, el sur, el este y el oeste, que se unen en el centro en la quinta dirección, la que va de la tierra al cielo, tomando la forma de lo que llamamos un quincunce, que simboliza la totalidad, y puede ser representada como un árbol.

—Pues me parece muy extraño, ¿por qué la imagen de ese demonio Quetzal no sé qué, lleva en la cabeza la imagen de la cruz? ¿Por qué lleva un sombrero cónico, como la tiara que usa el santo padre, y un bastón curvado como si fuera el báculo de un obispo, aunque es más pequeño? ¿Por qué lleva barba si ustedes son lampiños?

—Su nombre es Quetzalcóatl, su señoría, a veces se le dice el Gemelo. Lleva el quincunce en la cabeza porque representa la totalidad; el sombrero que usted dice viene de los huastecos, no de ningún santo padre; el báculo significa que está en movimiento, en actividad, y su barba simboliza la sabiduría, la experiencia, el conocimiento que da la vejez.

—Yo creo que Satanás ha borrado las huellas; creo que ese al que ahora llaman Quetzalcol debe ser el apóstol de nuestro Señor, nada menos que santo Tomás, que en griego es llamado el Dídimo, que quiere decir gemelo. Hay una vieja tradición que afirma que, tras la muerte de Jesucristo, obedeciendo sus indicaciones, santo Tomás partió a evangelizar las Indias, ¿no son aquí las Indias?

—Su señoría, yo no sé si ustedes le llamen las Indias a esta tierra nuestra, yo la conozco como el Anáhuac. Quetzalcóatl es la serpiente emplumada, es quien muestra el camino, quien ilumina la senda a la transformación interna del hombre; es quien hace que la serpiente se eleve de la tierra.

No quise abundar más sobre el doble de Quetzalcóatl, el perro Xólotl, que baja al Mictlán para dar vida a los hombres, ni sobre la doble naturaleza de nuestras divinidades, que no proviene de un conflicto entre el bien y el mal, sino de una oscilación entre la moderación y el exceso; no lo comprendería, como bien lo dio a entender con su respuesta.

—¡La serpiente!, claro, que mejor indicación de que Lucifer quiso ocultar y disfrazar la labor de santo Tomás, arrogándose él mismo ese papel. La serpiente emplumada bien indica su orgullo de posar como un ser celestial, de ocupar el lugar de Dios.

SEGUNDA PARTE

XX

De entre mis memorias surge con claridad el día que finalmente tomé la decisión. Era un día como cualquier otro, no había en él nada especial. Sucedió de pronto. Estaba sentado sobre un petate, reposando bajo la sombra del empalmado del corredor de la casa de mi madre. En silencio contemplaba el atardecer. El pequeño jacal está situado en la ladera de un monte, por lo que la vista se extiende hasta la distancia. Las nubes se pintaban de rojo, de naranja, de lila; el cielo tenía un color azul pálido; los rayos de Tonatiuh caían bajos sobre la tierra, iluminando todo con un leve resplandor amarillo, dándole relieve y hermosura; a la distancia se perfilaban, con un tinte tenue azul verdoso, los lejanos montes, enmarcando el horizonte. Los loros, con su usual algarabía, pasaban volando en parejas, regresando a sus moradas nocturnas; los centzontli, aves de las cuatrocientos voces, aunaban sus trinos, de gran dulzura y variedad a los de muchas otras, saludando el atardecer, a ese rojo sol poniente, a la vida, preludiando ya las horas de oscuridad; los grillos y las cigarras iniciaban su melodía nocturna. Todo respiraba paz, armonía, belleza. Entonces ocurrió. Pero esa visión pronto se esfumaría, como si nunca hubiera existido, dejando paso a la noche oscura, a una noche sin luna, al aullar de los coyotes, a la lucha de Tonatiuh contra sus enemigos allá abajo, en el Mictlán, en la que, si era vencido por las horrendas Tzitzimime, esos monstruos del oeste que parecen esqueletos, guiados por la terrorífica Itzpapálotl, mariposa de obsidiana, se desparramarían por la tierra y caerían sobre nosotros, los humanos, para despedazarnos, para devorarnos, para destruir el mundo, en ese día en que el cielo caerá a pedazos; así, de pronto, se me reveló con claridad que ésa era nuestra realidad. Nuestro día se terminaba, caía el crepúsculo, y pronto estaríamos inmersos en una negra y horrífica noche. Todos nosotros, todo nuestro mundo, todo nuestro ser. ¿No es éste acaso el momento, no es éste ya el día del destino descarnado, el día final? ¿No estaba ya viendo, viviendo la última claridad del día antes de que todo quede cubierto por las sombras lóbregas de la noche? El crepúsculo está cerca, nuestro descenso a la oscuridad es inminente, todo será destruido por los castilla.

Fue como si todo se acumulara de pronto, como si dentro de mí se rompiera un dique y la fuerza incontenible de las aguas me arrastrara con ellas. Las lágrimas comenzaron a correr por mis mejillas. Lágrimas de rabia, de impotencia, de odio, de tristeza por la grandeza perdida de nuestra gente, por la destrucción de todo lo que amamos, de todo lo que da sentido a nuestras vidas. Estaba harto de los castilla, de esa maldición, de esa plaga, de esa muerte que nos han traído. Harto de su soberbia, harto de sus dioses, de sus frailes, de su hipocresía, de su desmedido amor por el oro. Toda nuestra vida gira ahora en torno a ellos, a sus necesidades, a sus deseos, a sus órdenes. Estaba harto de construir sus iglesias, sus conventos, sus casas, sus muladares; harto de trabajar como esclavo para ellos, de sembrar y cosechar para ellos, de sacar el oro y la plata de las minas para ellos; harto de no poder realizar abierta y libremente mis prácticas religiosas; harto de andar con la cabeza baja, la mirada por el suelo ante su presencia; harto de sus catecismos, de sus misas, de sus confesiones impuestas a la fuerza, por medio del castigo, de los latigazos, de los cepos; harto de su desprecio a todo lo nuestro; harto de disimular todo el tiempo;

harto del temor de que finalmente supieran que yo había estado en un Calmécac, que había llevado una vida sacerdotal, lo que podía implicar mi muerte a sus manos, como ha implicado la muerte de tantos otros, y harto de mí mismo y de mi sumisión.

Era tiempo de tomar de nuevo mi vida entre mis manos. Era tiempo de abandonar todo. De luchar por nuestros valores. Decidí marcharme del poblado de mi madre, empezar una vida de vagabundeo, de libertad. Trataría de ponerme en contacto con quienes sintieran lo mismo, trataría de organizar la resistencia. Si moría, la muerte sería bienvenida, pero no perecería exhausto de cargar piedras para sus construcciones, de sacar mineral de sus minas, de sembrar sus campos, sino como hombre libre. ¿Cómo podía saber entonces que en vez de tener esa muerte acabaría en esta hedionda celda franciscana?

Por la noche comuniqué esta decisión a mi madre, a mi hermano, a mis mujeres. Mixcóatl afirmó que se iría conmigo, lo que no me sorprendió, siempre hemos sido muy unidos; es un par de años menor que yo y toda su vida me ha tomado como su guía y ejemplo, sobre todo porque él no pudo asistir al Calmécac, como yo, por lo que tuvo una formación más rudimentaria. Mi madre, como la sabia mujer que es, estuvo de acuerdo y nos animó. Quedaría acompañada por sus nueras.

Partimos temprano por la mañana. El pequeño jacal se perdió en la distancia, tras echarle un último vistazo. Atrás quedaba para siempre nuestra antigua existencia, y con ella la servidumbre en la que habíamos caído, la humillación constante, la perdida de nuestro corazón. Íbamos ligeros, llevando en los morrales varios envoltorios con algunas de las hierbas curativas más difíciles de encontrar que nos había proporcionado nuestra madre; nos serían de gran auxilio, ya que, con su arte, del que habíamos aprendido algo, pudimos curar a muchas personas de sus males. Llevábamos también el abanico de palma, el calabazo que contiene el tabaco, el tecomate que guarda el ololique, la bolsa de medicina con yerbas, espinas de maguey, navajas de obsidiana, copal.

Al principio no llamamos mucho la atención. Por ese tiempo muchos nativos vagabundeaban por la tierra, desplazados por el miedo, por la pobreza, por la inseguridad. Nos hicimos pasar por humildes pochtecas; comerciábamos con pequeñas cosas, tratando de sacar algún beneficio de nuestras transacciones para ir sobreviviendo. Los grandes pochtecas ya no operaban; habían despertado la codicia de los castilla, que los despojaron de sus bienes, y eran sólo un recuerdo, como tantas otras cosas del pasado, de un pasado aún tan reciente que sigue a flor de piel, que duele como una herida abierta. Nunca pasábamos mucho tiempo en un sólo lugar, siempre temerosos de que se descubriera nuestra verdadera identidad a través de alguno de los muchachos que servían de espías y delatores de los frailes. Atravesamos regiones enteras, sobre todo en el valle. Transitando por senderos poco frecuentados, por senderos desiertos, por senderos con malezas, entre las hierbas, entre las hojas muertas, entre el polvo, ahí estaba nuestro nuevo hogar. Mojados por las lluvias, tostados por el sol. Dormíamos al descampado, como mejor podíamos; cazábamos algún conejo, algún pato, a veces comíamos raíces. Mixcóatl nunca se quejó, menos acostumbrado que yo a las penurias y mortificaciones que nos hacían pasar en el Calmécac para hacernos hombres de verdad, pero es más supersticioso que yo.

Recuerdo una noche, al principio de nuestros andares, una noche oscura sin luna, en que se veía todo el cielo estrellado. De pronto, una cadena hecha como de hilos de luz brillante y amarillenta rasgó la oscuridad. Mixcóatl se puso de pie al instante.

—¡Hermano, hermano, mira! ¡Son las Tzitzimime que bajan del cielo, que ya vienen a devorarnos! —exclamó atemorizado—. Dicen que se comen a los caminantes que andan vagando por las noches.

La vista era hermosa, pero sobrecogedora. Yo había presenciado algo parecido en las noches en vela en el Calmécac, y, aunque no entendía de qué se trataba, sabía que pasaba sin provocar males aparentes.

Observé que un pájaro estaba posado sobre el sendero, era de esos que llamamos tapacaminos. Para calmar a Mixcóatl, le narré la historia del pájaro de cien colores. Era tan hermoso que despertaba la envidia de todos los demás, por lo que acabó muy solitario. Pidió ayuda a los dioses, que se apiadaron de él. "Si estás dispuesto a sacrificar tu belleza en auxilio de los demás tu dolor puede terminar", le dijeron. Aceptó. Perdió entonces sus coloridas plumas y se convirtió en una pequeña ave gris. Su tarea sería avisar por las noches a los viajeros de los peligros mediante sus agudos trinos, sobre todo si se aproximaban las Tzitzimime, poco simpáticas a los ojos de los dioses. Así fue como obtuvo el aprecio y el agradecimiento de los viajeros.

—¿Lo ves? Está quietecito, sin cantar, por lo que no hay por aquí ninguna de las Tzitzimime —le dije.

En mi recuerdo se confunden los muchos pueblos por los que pasamos. La rutina se nos hizo un hábito: tratar de informarnos con los caminantes sobre el poblado más próximo, si no había en él frailes o castilla de visita, o algunos de sus muchachos espías, acerca de las condiciones en que estaba, de todo lo que pudieran decirnos. Si nos parecía bien, entrábamos por sus calles polvosas, dirigiéndonos al centro, donde poníamos nuestro pequeño puesto de hierbas y otras cosillas.

Así fue como fuimos teniendo un panorama cada vez más amplio de la situación en que vive nuestra gente; nos dimos cuenta a cabalidad de cómo nuestro mundo se deshacía en pedazos. Nada era ya igual. El veneno de los castilla penetra por todos lados, corroe todos los rincones, pudre todo lo que alcanza. El temor reina por doquier, aunque, a decir verdad, también hay aquellos que dan la bienvenida a este nuevo mundo que yo no quiero ver, como los jóvenes educados por los frailes, como aquellos que pagaban altos tributos a la Triple Alianza, o los que tenían que enviar en determinadas fechas cierto número de sus gentes a Tenochtitlan para ser sacrificadas; muchos creen en los frailes, en sus promesas, en la esperanza de tener una vida mejor tras de la muerte en eso que llaman el cielo o paraíso, como los mandoncillos que desplazan a nuestros legítimos gobernantes, y también todos aquellos que se aprovechan de la situación para hacerse de tierras, de mujeres, de esclavos; hasta Zumárraga que predica el amor al prójimo tiene esclavos tanto nativos como negros traídos de lejanas tierras.

La desesperanza cunde. En las calles de los poblados, en las plazas, a los lados de los caminos, encontramos gente tirada, sin sentido, perdida de borracha, sucia, andrajosa, con la miseria reflejada en el rostro y en el cuerpo, con la muerte en los ojos, tanto hombres como mujeres.

Ahora en las fiestas colocan al alcance de todos una vasija llena de octli, al que los castilla llaman pulque, del que los participantes se sirven sin medida, incluidas las mujeres, y beben hasta caer perdidos al suelo; algunos incluso se provocan el vómito para seguir tomando. Esto era impensable en el pasado; sólo se permitía beber a los viejos, que ya habían cumplido con sus deberes, o a los guerreros afamados y a los altos gobernantes; si algún otro era sorprendido ebrio, la pena era la muerte. No los culpo, no tienen otro refugio; sólo en las nieblas del alcohol pueden olvidar sus sufrimientos, sus pérdidas, su desaliento, sus humillaciones y sus dolores. A los castilla les da lo mismo, incluso fomentan la bebida; mientras más embrutecidos estemos, mejor pueden explotarnos; sólo los frailes, con poco éxito, tratan de evitar tamaños abusos alcohólicos.

XXI

Temprano por la mañana nos llega el conocido olor del humo de los fogones de los jacales. Un pueblo debe estar cerca. Nos encaminamos en esa dirección. Se encuentra más lejos de lo que pensábamos, fue la brisa la que nos trajo el olor desde la distancia. Está en las serranías. Al llegar a los primeros jacales, oímos los ecos de grandes gritos. Curiosos, pero con precaución, nos adentramos lentamente por la callejuela polvosa que conduce a la pequeña plaza del mercado. La encontramos en gran conmoción. Es domingo, por lo que hay multitud de gente comprando y vendiendo. Desde uno de sus extremos alcanzamos a ver cómo un grupo de muchachos persigue a un sacerdote nativo vestido con las insignias del dios Ometochtli, vista extraña y en estos tiempos muy poco frecuente. El sacerdote, ensangrentado, corre entre los puestos, trata de escabullirse perseguido por varios jóvenes. Inquirimos el motivo. Nos dicen que intentó arengar a la gente en medio de la plaza, perorando contra la religión de los castilla, contra la imposición de sus dioses; decía que no nos llegarían más que desgracias sin fin por haber abandonado a las divinidades de nuestros ancestros; quería convencerlos de no seguir las enseñanzas de los frailes, que sólo buscan nuestro mal.

Varios jóvenes, de los educados en los conventos, que pululan por doquier y se creen los nuevos amos, no tardaron en dar la voz de alarma y en reunirse en torno a él. Le ordenaron callar en nombre de su Jesusmaría. El sacerdote, sin hacerles caso, los maldijo, lo que dio por resultado los insultos de los jóvenes que, envalentonados por su número y por la pasividad de la gente que contemplaba el espectáculo sin proferir palabra ni mover un dedo, comenzaron a apedrearlo, llamándolo demonio, hijo del malvado, engendro de Satanás. Nadie osó salir en su defensa, a pesar de que alrededor suyo se juntó una multitud. El sacerdote no se arredró; protegiéndose el rostro con los brazos como mejor pudo, los amenazó; pronto morirían, les dijo, al igual que los castilla y sus frailes, muy pronto los dioses tomarían venganza. La lluvia de piedras arreció, no dejándole más remedio que iniciar la huida. Los jóvenes lo persiguieron, gritando cual los diablos que mencionaban. Vimos como tropezó con uno de los puestos y cayó por tierra. Allí lo alcanzaron. Formaron un círculo alrededor suyo lapidándolo y pateándolo. El infeliz, doblado sobre sí mismo, intentaba protegerse con los brazos y piernas, encogidas en torno a su cuerpo, hasta que falleció. Los jóvenes se retiraron muy ufanos, dejando abandonado, bañado en sangre, el torturado cuerpo. Tras algunos momentos, dos o tres personas se lo llevaron cargado sobre una manta. No supimos más de él.

Los jóvenes pupilos de los frailes se han convertido en una de las mayores amenazas para nuestras creencias, en una de las más grandes pestes para nuestra gente, en uno de los instrumentos más efectivos para la destrucción de nuestro ser. Supuestamente la tarea que les han encomendado los frailes es ayudarles a darnos una instrucción elemental sobre la fe cristiana, pero también tienen órdenes de reportarles cualquier indicio de manifestación de nuestras viejas creencias. Una vez dejados a su propio arbitrio, cuando regresan a sus poblados de origen, muchos caen en la soberbia; aprovechan su privilegiada posición para abusar de las mujeres, enriquecerse, provocar desórdenes; ni siquiera predican lo que les han enseñado, sino lo que les conviene, o predican desvaríos, o incluso, como en el caso del sacerdote lapidado, llegan hasta el asesinato.

Gracias a ellos las familias se dividen, se enfrentan en pleitos y discusiones, no respetan a sus mayores; por el contrario, seguros del apoyo de los castilla, entran a las casas de todo mundo como si fuera la suya propia, con total impunidad y cinismo, para registrarlas; destruyen cualquier objeto que pueda asociarse con nuestra religión o se lo llevan para quemarlo en la plaza pública, y amenazan a sus propietarios con castigos mayores si reinciden. Su apasionamiento es tal que a veces delatan hasta a sus propios padres y familiares como idólatras; reportan a los frailes dónde están escondidas las imágenes de los dioses, quiénes practican aún los ritos de los antepasados y dónde lo hacen; en resumen, son los ojos y los oídos siempre presentes de los frailes. Sin embargo, los castilla mucho se cuidan de que ninguno de ellos llegue al sacerdocio. Eso está reservado para sí mismos.

XXII

El sendero que seguimos bordea un campo sembrado con plantas que amarillean, listas para ser cosechadas, coronadas por largas espigas llenas de semillas. Es la nueva planta traída por los castilla; la llaman trigo y se ha convertido en otra de nuestras torturas. Nos obligan a sembrarla para ellos, a cuidarla, a cosecharla, a molerla en sus grandes molinos; con la harina hacen lo que llaman pan, sin el cual, o sin su vino, no pueden vivir. Alguna vez lo he probado, tiene un sabor extraño, no desagradable, pero nada comparable a nuestras tortillas de maíz. Nunca podrá remplazar al maíz, nuestro alimento sagrado. ¿Y cómo podría ese vil pan aproximarse siquiera a las muchas formas que toma el maíz?: tortillas, atoles, tamales, sopes, elotes, maíz tostado, tacos, tlacoyos, pozole, pinole... Además el trigo requiere más trabajo para su siembra, rinde menos en la cosecha, es más caro y hay que pagar el diezmo sobre lo cosechado. Nuestra gente se niega a sembrarlo. Escupo al paso de sus campos de trigo, invocando a Centéotl para que los destruya.

Esto me recuerda cómo los castilla nos despojan de nuestra tierra, cómo se van apoderando de ella, al igual que los caciques y mandoncillos que nos han impuesto. Para colmo, tenemos que trabajarla para ellos sin remuneración alguna. Desde un principio nos impusieron lo que llaman repartimientos o encomiendas. Todos los habitantes en edad de trabajar son concedidos a determinados castilla para que laboren para ellos por turnos supuestamente, a cambio de ello, los encomenderos deben proveer los medios necesarios para convertirnos y adoctrinarnos en su religión; pero eso no sucede, y mejor así.

En cada comunidad llevan un registro de sus habitantes. Cada una tiene que aportar por semana el número de trabajadores que se le ha asignado. Todos los lunes por la mañana los habitantes en edad de laborar se reúnen en un punto dado de distribución, conducidos a él por los alguaciles locales, los malditos mandoncillos. Luego los meten a un corral y el juez repartidor entrega a los castilla, o más bien a sus agentes, los hombres que tiene asignados, que enseguida son llevados al sitio del trabajo por un capataz; allí deben laborar una semana, tras lo cual son cambiados por un nuevo grupo.

Como la mayoría de los encomenderos viven en la capital, donde se sienten más seguros, obligan a sus encomendados a construirles en ella sus viviendas; éstos deben proveerlos de comida, de forraje y de combustible, además de trabajar como esclavos en las siembras de los encomenderos, en sus minas, en el transporte, en lo que se les ocurra, todo ello sin pago alguno; además de esto los encarcelan, los matan, los golpean, los persiguen con perros, se apoderan de sus bienes y de sus mujeres, destruyen sus milpas con sus vacas, los usan como bestias de carga. Los encomenderos ni siquiera los ven y mucho menos los conocen; el tributo es llevado por los compinches de los encomenderos a sus residencias de la capital; dan sus órdenes a través de mandoncillos, que, para más males, exigen mayores tributos a fin de quedarse con una parte.

No satisfechos con ello, en su insaciable ambición, han empezado a despojarnos de nuestras tierras, tanto ellos como los caciques que nos han impuesto. Zumárraga dice que su emperador ha formulado leyes que prohíben ese despojo, pero ese señor está muy lejos, y acá han encontrado maneras de transgredirlas, ya que se les permite comprar las tierras que están abandonadas y las que no estén cultivadas. Como tanta gente ha muerto y tantos otros han abandonado sus pueblos, sobran tierras de las llamadas baldías para que se las apropien y luego las exploten con sus encomendados.

Ahora han empezado a querer obligarnos a vivir en poblaciones, no ya dispersos por los campos, como a muchos nos agrada a fin de estar más cerca de nuestras siembras; dicen los castilla que así nos pueden adoctrinar mejor, y, claro, explotarnos mejor. A eso le llaman congregaciones. No les importa mezclar gente de diversas tribus ni guardar las fronteras antiguas, lo que da como resultado más confusión y conflictos. Ahora todo son encomiendas, repartimientos, corregimientos, que así le llaman a la manera en que han dividido lo que antes eran nuestros señoríos. Tenemos que pagar tributo a los encomenderos, a los conventos, a los caciques, a las iglesias. Los nuevos animales que han traído, que al principio nos causaban tanta maravilla y admiración, los llamados caballos, vacas, borregos, ovejas, cerdos, se multiplican como conejos, pastan libremente por todos lados, invaden nuestros sembradíos, se comen nuestras milpas, y no podemos hacer nada para evitarlo. Debo admitir que dos de esos nuevos animales nos han sido de utilidad, el llamado cerdo y las gallinas, que muchos de los nuestros mantienen en sus parcelas o cerca de sus jacales; el cerdo es una buena fuente de carne; dicen que su sabor es parecido al de la carne humana; yo no lo sé porque no quiero comer de sus alimentos, y las gallinas porque producen más huevos y carne que nuestros guajolotes.

Pero eso no compensa el mal que sus manadas de vacas y borregos provocan al pastar libremente, metiéndose a nuestras milpas, dejando la tierra sin vegetación, por lo que en época de lluvias queda lavada y empobrecida. Hasta del agua se apropian con sus nuevos sistemas de riego y sus molinos para el trigo. Además los castilla han talado los bosques sin medida alguna, poco les importa. Únicamente quieren enriquecerse lo más pronto posible y regresar a la maldita tierra que los parió; utilizan la madera para sus construcciones o como combustible; sus arados de hierro penetran más profundamente que nuestras coas de madera, lo cual también hace que las tierras se laven y empobrezcan; la buena tierra es llevada por las aguas de lluvia hasta el fondo de los valles, dejando las laderas pelonas y pobres; ya en ellas sólo se dan magueyes, que pueden crecer en terrenos secos y malos. Con ellos se elabora más pulque, del que bebemos cada vez más, como un pobre remedio para los males de nuestro espíritu, para la angustia que se adueña de nosotros.

XXIII

Sin embargo, no todo ha sido fácil para los castilla ni para sus frailes, como lo constatamos en nuestras andanzas. Para mi gran alegría, encontramos numerosas muestras de resistencia. Con valiente obstinación y coraje, muchos se oponen al nuevo estado de cosas, a las nuevas creencias. Si bien los frailes han levantado cruces en todas las encrucijadas de caminos o de las calles de los poblados, o a la entrada de éstos, o en los cerros, pues se han dado cuenta que nosotros solíamos tener pequeños adoratorios en tales lugares, marcados con alguna construcción, o con piedras y ofrendas agregadas por los caminantes, también es usual que bajo la cruz cristiana se entierren en secreto imágenes de los dioses y ofrendas, a los que hacemos un homenaje silencioso, mientras que exteriormente parece que adoramos la cruz. Por todos lados encontramos muestras de que nuestra religión se niega a morir. En los poblados menos accesibles, más lejanos de los conventos, todavía hay estatuillas de nuestros dioses puestas en los nuevos altares, junto a las imágenes cristianas; no falta tampoco quien ha colocado disimuladamente esas imágenes sagradas entre la pared, o bajo el altar, o bajo alguna cruz, u ocultas tras obras de albañilería. Así aparentamos adorar a los nuevos dioses, cuando en realidad dirigimos la devoción a los nuestros.

Por doquier las sierras ofrecen escondrijos para nuestras imágenes divinas, para las "cosas del demonio", como las llama

Zumárraga, así como lo necesario para su culto: tambores, caracolas, espejos adivinatorios, máscaras ceremoniales, objetos rituales de todas clases. Ahora las grutas de las serranías se han convertido en nuestros santuarios, con guardianes que se encargan de cuidarlos y de conservarlos. En ellos se celebran las fiestas de la divinidad. Familias de confianza reciben en depósito en sus casas los bultos divinos, los adornos, las mantas bordadas de piedras verdes, antes de que los frailes y sus compinches lleguen a destruirlas; cuando éstos arriban les dicen que ya las han destruido ellos mismos por haberse dado cuenta de sus errores; les muestran cualquier quemadero o fragmentos irreconocibles de barro o de piedra. Las imágenes de nuestros dioses viajan a bordo de canoas por la laguna, o sobre espaldas humanas por las montañas, en busca de refugio. Desparecen en las entrañas de la tierra, en las profundidades de los montes. Los rumores no cesan de circular acerca de su paradero. El secreto sólo se confía a los que han probado ser fieles, sobre todo a los descendientes de nuestros antiguos dignatarios. Los envoltorios circulan en un halo de misterio de un pueblo a otro cuando se aproxima la festividad del dios, luego son transportados y enterrados u ocultados de nuevo.

En ocasiones esta resistencia llega a casos extremos. Recuerdo sobre todo uno, del que no fui testigo, pero que me fue relatado por alguien que lo supo muy bien.

El señor del lugar, que todavía era el legítimo, llamado Acxotécatl, tenía muchas mujeres, de las que cuatro eran principales. Con ellas tuvo cuatro hijos. Los castilla lo obligaron a enviar al convento más cercano a tres de ellos, para que fueran adoctrinados en la nueva fe, so pena de perder su mandato. Decidió dejar al mayor, de unos doce o trece años, escondido en su casa, para que por lo menos él conservara sus tradiciones, al igual que lo hacían varios de los viejos señores. No pasó mucho tiempo para que los otros hijos denunciaran el hecho a los frailes, que de inmediato fueron a exigirle la entrega del mayor. No tuvo más alternativa que acceder. Lo bautizaron con el nombre de Cristóbal. Cuando consideraron que estaba lo suficientemente instruido, lo enviaron a adoctrinar a los vasallos y criados de su padre. Cristóbal no perdía ocasión de amonestarlos, ya fuese en sus casas, en las calles o en la plaza. Su desvergüenza llegó al extremo de reprocharle a su padre que siguiera empeñado en sus errores "diabólicos"; intentó retirar las imágenes divinas del altar casero, incluso arrojó algunas contra el suelo, haciéndolas pedazos. Antes de la influencia corruptora de los frailes eso hubiera sido impensable, o hubiera tenido un castigo muy severo. Acxotécatl, furioso, llevado al límite, azuzado por una de sus mujeres que deseaba que fuera su hijo quien heredara el señorío en vez de Cristóbal, decidió tomar acción. Pidió a sus hijos que estaban en el convento acudir a la casa paterna bajo pretexto de celebrar una fiesta. Una vez llegados, llevó a Cristóbal a uno de los aposentos interiores, donde lo golpeó con mucha rabia, echándole en cara su desfachatez y cinismo. Lo cogió del cabello y lo arrastró por el suelo, a la vez que le daba de golpes con un garrote de encino. Uno de sus hijos, escuchando los gritos, subió de la cocina a la azotea, desde donde pudo ver lo que sucedía. Corrió a decírselo a la madre de Cristóbal, que, presurosa, acudió a tratar de detenerlo. Como única respuesta Acxotécatl le propinó fuerte golpiza y mandó prender una hoguera en el patio en la que arrojó a Cristóbal, lo revolvió sobre el fuego, lo sacó aún con vida y fue en busca de algún instrumento adecuado para matarlo, momento que algunos sirvientes aprovecharon para esconderlo. Su estado era tan grave que murió por la noche. Acxotécatl ordenó enterrarlo en el rincón de uno de los aposentos. Amenazó de muerte a sus otros hijos y a los sirvientes en caso de no guardar el secreto. La madre de Cristóbal también sufrió su ira, pues mandó matarla como castigo por su intervención, temeroso de que lo denunciara.

Poco tiempo después pasó por el señorío de Acxotécatl un castilla, como suelen hacer de cuando en cuando para ver qué encuentran. Por un detalle nimio maltrató a algunos de los vasallos del señor, que fueron a quejarse con éste. Acxotécatl se lo reprochó con palabras malsonantes, por lo que, como también suele suceder, el castilla acudió a sus autoridades hablando pestes de aquél. Enviaron a investigar el caso a un pesquisidor con poderes especiales, quien no tardó en escuchar rumores sobre la muerte de Cristóbal y de la mujer del señor y en aclarar el suceso. El caso fue muy sonado debido a que era un personaje de consideración, muy conocido y respetado en Tlaxcala; a pesar de ello, Acxotécatl fue juzgado y sentenciado a muerte, acusado de homicidio. Para ejecutar la sentencia se convocó a todos los castilla de los alrededores, por temor a que los parientes o vasallos del señor intentaran impedirlo. Camino a la horca él arengó con gran valentía a los suyos, tildándolos de cobardes y de poco hombres. Ninguno movió un dedo a su favor. Ya era tarde para eso, el miedo los paralizaba. El cadáver de Cristóbal fue desenterrado, llevado al convento y sepultado cerca de un altar, donde lo veneran llamándole "mártir".

Otro caso que me contaron fue que los frailes enviaron a Tepeaca a dos jóvenes conversos, pues les habían dicho que allí había muchos "ídolos". Los muchachos registraron las casas, a causa de lo cual algunos señores y principales, enfurecidos, les dieron de palos hasta matarlos, tras lo cual echaron sus cuerpos a una barranca. Como los jóvenes no regresaban, los frailes, temerosos de que algo les hubiera sucedido, fueron a indagar, escoltados por un alguacil castilla que residía en el poblado. Tras alguna búsqueda encontraron sus cuerpos. Investigaron el asesinato y apresaron a los culpables, que fueron juzgados en México-Tenochtitlan, sentenciados a muerte y enviados a la horca.

XXIV

Hace ya un par de días que no me sacan de mi celda. Zumárraga parece haberse olvidado de mí. Ya no me llama a su presencia y sus incesantes interrogatorios no han proseguido. Tal vez he ido demasiado lejos en mis sutiles intentos por irritarlo y me dé por un caso perdido, o quizá de momento tenga cosas más importantes de qué ocuparse. Mientras tanto ni me condenan ni me liberan. Los días transcurren monótonos, sin más distracción que recordar, seguir recordando.

Nuestra vida de vagabundeo empezó a tener un sentido más especial cuando tuvimos la oportunidad de apreciar un acontecimiento inesperado que le dio un nuevo giro y nos llevó a cumplir con lo que tal vez sea nuestro destino.

Lo recuerdo bien. Para agravar las desgracias del pueblo, Tláloc se mostraba sin compasión alguna. ¿Sería que estaba irritado por no recibir nuestras usuales ofrendas y sacrificios? Nos castigó con una fuerte sequía. La tierra se agrietaba, sedienta. Los aguajes se secaban, los animales perecían. En los campos las plantas de maíz, casi en jilote, se doblaban sobre sí mismas, amarillentas, secas, moribundas. Un lamento general se elevaba desde la tierra. Se avizoraba la llegada del hambre, y con ella la de la muerte.

Mixcóatl y yo caminábamos hacia un poblado cercano; nuestros pies descalzos levantaban el polvo del sendero, que, esparcido a nuestro alrededor por una ligera brisa, se nos metía por las narices, por la boca, en los oídos, nos cubría todo el cuerpo. Repentinamente Mixcóatl se detuvo, olfateando con excitación.

—¡Viene la lluvia, hermano, viene la lluvia! —exclamó con gran vehemencia.

—¿Estás seguro? ¿No te engaña tu deseo?

—No, no es un ensueño. Estoy seguro. Pronto va a llover.

Mixcóatl, desde pequeño, tenía el don de oler la humedad del cielo, y puede predecir con certeza la proximidad de la lluvia. Tras la llegada de los castilla y de sus frailes, decidimos mantener su don en secreto, no fuera que se lo atribuyeran a tratos con su mentado diablo.

A poca distancia de donde nos encontrábamos, un grupo de macehuales (para este tiempo ya casi todos éramos macehuales) se ocupaba en arrimar con sus coas un poco de tierra a la base de cada planta de maíz, para reafirmar su tallo, reacios a perder toda esperanza. Trabajaban lentamente, con la espalda curvada, sudorosos, sin expresión en el rostro.

—¿Y si se los decimos, Mixcóatl? ¿Si les decimos que Tláloc ha tenido clemencia, que pronto lloverá? ¡Qué importa ya lo que nos pueda suceder!

—¿Para qué? De todos modos la lluvia caerá y acabaran sus penurias.

—Sólo para ver la expresión de sus rostros, sólo para hacerles saber que es Tláloc quien trae la lluvia, no los dioses de los castilla, a los que les piden el agua instigados por los frailes.

Se lo dijimos. Les dijimos que pronto Tláloc respondería a nuestras plegarias. Por unos instantes nos miraron con incredulidad, sin decir nada, luego continuaron con su labor. Proseguimos camino para llegar hasta su pueblo, no muy distante.

No pasó mucho tiempo antes de que grandes nubes grises oscurecieran el cielo, acarreadas por un fuerte viento. Las primeras gruesas gotas nos cayeron encima a la entrada misma del pueblo, pronto se convirtieron en un gran aguacero. Tomamos refugio bajo el alero de un jacal, mirándonos satisfechos uno al otro.

Al amainar el temporal, caminamos rumbo a la plaza. En el trayecto los macehuales nos alcanzaron, venían corriendo, los pies desnudos cubiertos de lodo, nos llamaban a gritos, con grandes aspavientos. Nos detuvimos. Excitados, interrumpiéndose unos a otros, nos dijeron que teníamos razón. Tláloc había tenido conmiseración, había escuchado nuestros ruegos. Nos llevaron, a querer o no, hasta la plaza, convocando a su paso a la población.

—¡Hermanos, amigos! ¡Estos hombres han logrado el milagro! ¡Tláloc los ha escuchado! ¡Ha llovido!

Rodeados por la muchedumbre, parado sobre la tierra mojada, que brillaba bajo el sol, llevado por una repentina inspiración, hice uso de la palabra. Mixcóatl no se caracteriza por tener un gran vocabulario, yo lo aprendí en el Cálmecac. No tenía ya temor alguno de posibles represalias o de castigos. Las palabras salieron con facilidad de mi boca, de mi corazón, de mi espíritu por tanto tiempo reprimido; llevaban el tinte que les daban mi convicción, mi furia contenida.

—¡Hermanos míos, padres míos, abuelos míos! ¿Qué palabras podré enderezar a sus oídos? El hombre es un ser sin sosiego, da su corazón a cada cosa que se le pone enfrente, anda sin rumbo y pierde su corazón, se pierde a sí mismo. Hablaré a su rostro, a su corazón; no se disgusten sus rostros, sus corazones; sus rostros y sus corazones lo saben, en verdad ustedes tienen ojos y oídos. Ahora sus corazones andan inquietos tras de los dioses de los castilla. Se han olvidado de nuestro dios supremo, In Tloque, In Nahuaque, nuestro señor que está en todo lugar, que es un abismo que se llama tiniebla y viento. ¿Tan pronto han olvidado que son los dioses de nuestros antepasados a los que debemos pedir lo que necesitamos para nuestro sustento, a los que debemos otorgarles nuestra adoración, nuestras ofrendas, nuestro sacrificio, nuestra sangre? ¿Hasta cuándo se darán cuenta que los dioses de los castilla son falsos, todos esos Jesusmaría, Espiritusanto, Sanjosé y san no sé qué más? Las plegarias con que les imploran no han servido más que para traer la sequía. ¿Se les ha olvidado tan pronto que es a Tláloc a quien debemos pedirle estos dones? Si siguen andando por el mal camino que les inculcan los frailes, tan sólo iremos a la perdición, a la pérdida de todo lo que tenemos por valioso, a la pérdida de nuestro corazón.

Me escucharon en silencio, con la cabeza gacha. Uno de ellos, un anciano, tomó la palabra.

—Bien has hablado, como jades han salido las palabras de tu corazón. Nosotros no somos más que la cola y el ala; nuestros señores, nuestros sacerdotes han muerto; hemos quedado perdidos, sin guía. Los únicos que nos protegen de la avaricia de los castilla son los frailes; son bondadosos, tienen piedad de nosotros, son tan pobres como nosotros. Son ellos quienes nos han enseñado esos nuevos dioses que mencionas. No obstante, sólo nos trajeron la sequía, y ha sido Tláloc quien ha tenido compasión de nosotros. Ven ahora a tu casa, a reposar, a descansar un poco.

Entonces nos llevaron a comer y escucharon nuestras palabras.

XXV

Ése fue el inicio. La noticia del suceso nos empezó a seguir de pueblo en pueblo. Al principio era sobre todo acerca de los dones de Mixcóatl, dones que fue cultivando, teniendo buen cuidado de no hacer predicciones falsas acerca de la lluvia si es que no olía la humedad; por mucho que se lo rogaran y pidieran, aducía faltas de culto a Tláloc y los amenazaba con peores sequías, heladas o granizo si no se emendaban. Yo lo secundaba con mis palabras.

Cuando sentía que se aproximaba la lluvia, nos apresurábamos a llegar al pueblo más cercano. Una vez en la plaza, Mixcóatl tomaba su incensario, de mango largo y redondo, terminado en forma de serpiente, y lo sacudía, con lo que la cabeza de la serpiente se sacudía también. Soplaba sobre la parte hueca para avivar el fuego de los carbones, previamente encendidos, y arrojaba un puñito de copal sobre ellos, con lo que se desprendía una pequeña nube de humo blanco y aromático que ofrendaba hacia las cuatro direcciones, sacudiendo el incensario, conjurando y llamando a los tlaloques, rogándoles que enviaran la lluvia, y ésta no tardaba mucho en caer, con lo que su fama se acrecentaba día con día.

Mixcóatl también tiene el don de saber cuando se ausentarán las lluvias, por lo que, si en vez de lluvia, por haber caído abundante, lo que se necesitaba era buen tiempo para realizar las labores necesarias en las milpas, realizaba la misma ceremonia, quemando esta vez la hierba *iztachuyatl*, rogando a los tlaloques ausentarse por un tiempo. Así fue haciéndose de fama, de renombre; le decían hermano de las nubes, aquel que precipita la lluvia, aquel que conjura las nubes.

Fuimos refinando el ritual; a veces pedíamos a los pobladores que nos acompañaran a una determinada cueva que conocíamos, en el interior de la cual algunas piedras representaban a los tlaloques; una vez dentro tocábamos una piedra grande con otra pequeña, haciéndola resonar como si fuera un teponaztle y les decíamos que de esa cueva salen las nubes de lluvia; que debían ofrecer con mucha devoción sangre de sus antebrazos, muslos y orejas, así como incienso, copal, papel pintado y comida. Nunca nos atrevimos a sugerirles realizar un sacrificio humano; eso sería ir demasiado lejos, y nosotros, los acolhuas, no éramos como los mexicas. Si calculábamos bien el tiempo, en cuanto salíamos de la cueva empezaba a llover.

No pasó mucho tiempo sin que, debido a la notoriedad que empezamos a tener mi hermano y yo, se descubriera mi verdadera identidad, la de uno de los antiguos sacerdotes que habían estudiado en el Calmécac y el último de Anáhuac.

XXVI

La luz del atardecer bañaba el horizonte. Las aves se posaban en las ramas de los árboles, despidiendo con sus trinos el día, preparándose para pasar la noche. Mixcóatl y yo caminábamos por un sendero un tanto perdido entre la maleza, aunque con señas de ser utilizado de cuando en cuando. Escuchamos el sonido de pasos que se aproximaban. Nuestros sentidos siempre estaban alertas, entrenados por nuestra permanencia en el descampado. Nos detuvimos, expectantes. Aparecieron ante nuestra vista cinco hombres, vestidos tan sólo con un maxtle, al igual que nosotros; llevaban ligeros adornos de pluma en su cabello, lo cual nos sorprendió, pues ya muy pocos los usaban; a los castilla no les agradaban, ni a los frailes. Parecían una imagen del pasado, de ese pasado moribundo. Llegaron frente a nosotros y nos saludaron a la usanza antigua, llevando su mano al suelo y luego a la boca, comiendo tierra como decíamos. Uno de ellos tomó la palabra.

—Océlotl, Mixcóatl, hermanos nuestros. ¡Qué gusto conocerlos al fin! Su nombre hace ya tiempo que ha llegado hasta nuestros oídos. Nos dijeron que habían tomado este rumbo y hemos venido en pos de ustedes. Hace algún tiempo hemos querido encontrarlos y hablar.

—Bienvenidos sean, hermanos. ¿Qué dicen sus corazones?

—Sabemos que con ustedes podemos hablar con toda confianza; sabemos quiénes son: sabemos que en su interior mantienen vivo el fuego de nuestras creencias, de nuestro conocimiento, el conocimiento que nos legaron nuestros ancestros; que tratan de despertar a nuestra gente, caída bajo el yugo de los extranjeros, pero que lo han hecho en solitario.

—¿De qué otra manera podría ser? —respondí—. Todo el mundo ha caído bajo el hechizo de los castilla o ha cedido al miedo ante sus amenazas y castigos.

—En esto te equivocas, Océlotl. Hay muchos que, como nosotros, tratan de fomentar la resistencia. Nos reunimos, nos organizamos, esperamos con paciencia una ocasión oportuna para levantarnos en contra de nuestros opresores. Los invitamos a unirse. Su participación sería de gran valor para comernos el corazón de los castilla, para provocarles la enfermedad y la muerte. Debemos mantener la herencia de nuestros padres, abuelos y antepasados, los que nos engendraron, los que nos rigieron, los que dijeron que mediante los dioses vivimos y somos, a los que servimos desde antes de que empezara a haber día.

Sus palabras nos sorprendieron. No sospechábamos la existencia de un movimiento organizado. Aceptamos de inmediato, alegres y satisfechos. Nos pidieron acompañarlos, ya que se dirigían a un punto de reunión en la espesura a fin de celebrar una ceremonia.

Tras caminar por un tiempo cuesta arriba por las laderas de un cerro muy arbolado, llegamos a un claro donde ya estaban otras seis personas, vestidas de igual manera, sentadas alrededor de una fogata que ardía en el centro. Nuestros nuevos amigos nos presentaron, y fuimos saludados con gran contento. La noche había caído. El círculo se amplió para darnos cabida.

Uno de ellos tomó la palabra. Nos habló de nuestras viejas tradiciones, de nuestro antiguo conocimiento, del deber que teníamos para con nuestros dioses, de la resistencia que teníamos que fomentar ante la amenaza de los castilla, que destruyen todo lo que de precioso tenemos. Entonamos enseguida uno de los antiguos cánticos, acompañado con el sonido de unos pequeños tambores y caracolas. El que llevaba la ceremonia nos dio a cada uno una porción de teonanácatl, la carne de los dioses, el honguito divino, que ingerimos en recogimiento, pidiéndole su guía, su sabiduría. Comenzamos a danzar alrededor de la hoguera, con los pasos de una de las danzas sagradas, al ritmo de los tambores que tocaban dos de los participantes. La hoguera chisporroteaba, enviando al cielo lenguas de fuego azul, amarillas, anaranjadas. Era como un regreso al pasado, al Calmécac, a nuestras raíces, a todo lo que amaba, a todo lo que se ha destruido; mi corazón se llenó de regocijo. Llevado por el ritmo, mi cuerpo cayó en trance. Era como si hubiera dejado atrás mi ser ordinario; ya no era Océlotl o, más bien, Océlotl era todo, o todo era Océlotl. Todo formaba parte de mí, yo formaba parte de todo, era uno con todo, todo era uno, era uno con el fuego, con la tierra, con los árboles, con los búhos que nos contemplaban con grandes ojos amarillos desde las ramas, con la luna llena que nos alumbraba, con la vasta cantidad de estrellas que brillaban con intensidad allá en el cielo, con mis compañeros danzantes. Por mi cabeza ya no pasaban pensamientos, sólo existía, sólo vivía, sólo gozaba.

Pasado un tiempo, no sé decir cuánto, me acosté exhausto sobre nuestra madre tierra. Me invadió una especie de somnolencia, que no era sueño. Entonces escuché una voz dentro de mi cabeza, o fuera, ya no lo sé, que decía: "Océlotl, Océlotl, tienes el don de curar, de sanar; úsalo para aliviar a los hombres de sus males".

El sol se elevaba sobre el horizonte. Nos despedimos de nuestros amigos con gran alegría, quedando de encontrarnos de nuevo de cuando en cuando. Nos desearon buena suerte con las palabras que usaban nuestros abuelos:

—¡Váyanse despacio, no se vayan a caer, venerables hermanos, hermanitos!

Emprendimos nuestro camino con el corazón más ligero, con el ánimo más entero. Ya no estábamos solos. Todo parecía más brillante y colorido; se había vuelto a despertar en mí la visión de lo sobrenatural, la visión de lo divino, de la unidad de toda la vida, sentimiento que la muerte y la destrucción que nos rodeaba había opacado, pero que muchas veces experimenté en nuestros rituales antes de la llegada de los castilla, cuando con regularidad ingeríamos los honguitos sagrados, los que ahora nos tienen prohibidos porque dicen que son cosa de su diablo, que nos embriagan y nos provocan visiones malignas; ¿acaso los han probado?, o tal vez a ellos les provoquen esas visiones porque en su corazón reside el mal; para mí esos honguitos son verdaderamente carne de los dioses, pues nos permiten ser uno con ellos, no como su mentada hostia que dicen es carne de su dios Jesusmaría y que no deja siquiera un ligero regusto en la lengua, mucho menos en el corazón.

A partir de entonces, en el transcurso de nuestras correrías procuraba atender algún enfermo; siempre iba bien provisto de hierbas medicinales y mucho recordaba las enseñanzas de nuestra madre. Siguiendo la voz que había escuchado en mi interior, en adelante siempre trataba de ir perfeccionando este arte, y atendía cada vez a un mayor número de dolientes. Me di cuenta de que podía sentir el mal que los afligía. Conforme mi fama aumentaba, más solicitaban mis servicios.

A la par que nuestra fama crecía, los rumores corrían y se exageraban de boca en boca. Se decía que yo era un poderoso nagual, un hombre-dios, y que Mixcóatl era el hermano de las nubes, el que tenía el poder de atraer o detener tanto la lluvia como el granizo.

En pago de nuestros servicios nos daban diversos obsequios, dependiendo de la riqueza o falta de ella de los poblados y de las personas; podía ser desde alimentos, maíz, frijol, calabazas, chiles, hasta chalchihuites, joyas, a veces hasta mujeres. Cuando reuníamos cierta cantidad, íbamos comprando pedazos de tierra, de ser posible cercanos al poblado de nuestra madre, a donde enviábamos a las mujeres. Pronto dejamos de ser unos humildes pochtecas.

La nueva riqueza no alegraba mi corazón, pues continuamente seguíamos encontrando las desgracias traídas por los castilla: gente picada de viruelas, con rostros horriblemente deformados por cicatrices; hombres, mujeres y niños marcados en la cara por los hierros de los castilla, con las letras del nombre del vendedor, llevados en ringleras para ser subastados para el trabajo de sus minas. Seguíamos constatando la pérdida de nuestras tradiciones: el juego de pelota se prohibió, así como la práctica de casarnos tan sólo con el permiso de nuestros padres. Ya no hay Calmécac ni Telpochcalli, sólo hay conventos e iglesias. Ya no existen nuestros antiguos sacerdotes, nuestros antiguos sabios; yo soy el único sobreviviente de ellos. Los nobles y los pochteca han perdido sus privilegios y sus bienes; ahora cualquiera puede ser señor sin tener legitimidad alguna; basta con el visto bueno de los castilla. Hoy todos somos humildes macehuales; ya no hay distinciones; nuestros antiguos señores han sido suplantados por aquellos que sirven más fielmente a los extranjeros y que sólo buscan enriquecerse al igual que sus amos. Los pueblos están todos mezclados; se pierden sus orígenes, su historia, sus raíces; mucha gente se ha lanzado a los caminos a vagabundear, abandonando familia y hogar; estamos cada vez más reducidos a la miseria. Nuestras mujeres son violadas o tomadas como mancebas; el número de bastardos aumenta, ¿qué futuro pueden tener? ¿Es ése nuestro futuro? ¿Desaparecer diluidos por los castilla?

Al paso del tiempo, mi odio crecía. Continuaba predicando, exhortando incansablemente a los nuestros cada vez que tenía la oportunidad. Mixcóatl les repetía que sus dioses son impotentes para hacer llover; yo abundaba en ello afirmando que también lo son para curarlos de sus males, que muy pronto nuestros explotadores se irían por donde habían venido, o si no nuestras divinidades se encargarían de matarlos; les decía que los frailes deben estar enfermos o locos; basta ver cómo se pasan la vida dando voces y llorando, mal grande deben de tener; son gente sin sentido; no tienen ni buscan placer ni alegría, sólo tristeza y soledad; les repetía que los castilla son en realidad criaturas malignas, depredadoras, como las Tzitzimime, que embrujan, que hechizan a nuestra gente mediante sus rituales y sus mentiras. Lavábamos la cabeza a los que habían sido bautizados, para así expulsar los malos efluvios de los frailes.

XXVII

Nuestra actividad, aunada a la de todos aquellos con los que estábamos asociados, no podía pasar desapercibida a los castilla; sus jóvenes espías les llevaban rumores cada vez más alarmantes; presentían que aumentaba la resistencia, la rebeldía hacia ellos. Zumárraga decidió tomar medidas más enérgicas, utilizando los poderes inquisitoriales de que dispone para castigar a los que no comparten sus creencias.

Era ya la costumbre que el llamado inquisidor, o su bien su delegado, encargados de sofocar toda manifestación de nuestros cultos, efectuaran por lo menos una visita anual a los poblados de su jurisdicción. En tales ocasiones establecían tribunales, haciendo, mediante pregonero, un llamado a los habitantes para que denunciaran cualquier sospecha que tuvieran de herejía o de idolatría, bajo pena de ciertos castigos si los encubrían.

Los culpables eran juzgados y sentenciados a castigos públicos para que sirvieran de escarmiento. En Texcoco nos tocó ver uno de estos espectáculos. De vez en cuando acudíamos a esa nuestra ciudad capital. En esa ocasión Mixcóatl y yo estábamos en la gran plaza, como dos macehuales más, tratando, como siempre, de pasar desapercibidos. Siendo día de mercado, una multitud la llenaba. El pregonero había anunciado el castigo de unos "idólatras" y todo mundo estaba a la expectativa de lo que sucedería a continuación, intercambiando comentarios y suposiciones al respecto. Finalmente, por una de las calles que desembocan en la plaza, vimos entrar la procesión; a la vanguardia iban dos castilla muy bien armados; les seguía un fraile murmurando palabras que al parecer leía de un librito que traía entre las manos; tras él, dos de los nuestros y, cerrando la marcha, un intérprete. Cada uno de los nativos iba montado sobre una mula, con las manos y los pies atados, llevando como única prenda de vestir un burdo pantalón.

—¡Abran paso! ¡Abran paso! —gritaban los guardias. La multitud se replegó, dejando un pasaje libre. En el centro de la plaza se levantaba un pequeño templete, de manera que lo que sucediera en él pudiera ser visto por todos. Al llegar, subieron a los dos condenados. El intérprete pregonó a voz en cuello sus supuestos "pecados"; enseguida uno de los guardias echó mano a su navaja y los trasquiló, uno tras otro; bien sabían que para nosotros ése era motivo de gran humillación, de esclavitud. Enseguida tuvieron que confesar sus "delitos" a viva voz, mismos que el pregonero traducía al castilla, mientras que en un pebetero lleno de ardientes brasas el fraile iba arrojando las imágenes divinas encontradas en sus hogares. Para finalizar les dieron de azotes, los montaron en las mulas y los condujeron de regreso a prisión.

Cada vez era más frecuente encontrar estos espectáculos; los nuestros eran condenados por idolatría, por borrachera, por amancebamiento, cuando los muy hipócritas idolatran sus imágenes de santos, se emborrachan cuando quieren y mantienen numerosas mancebas. Muchas de las denuncias son motivadas por los celos de una mujer abandonada, por el odio de algún encomendero, por una enemistad personal, por envidia, por venganza.

Las sentencias más comunes son de latigazos, pero también hay condenas a servir por varios años en las minas, en cuyo caso los reos son vendidos con cadenas en los pies. Por lo general, esto equivale a una sentencia de muerte, pues muy pocos aguantan el rigor del trabajo en las minas.

Entre mis recuerdos destacan algunos casos que, por ser los primeros que veía o que me narraban, se grabaron en mi memoria.

Llegó a oídos de Zumárraga que en Azcapotzalco se "idolatraba". Ordenó llevar a cabo una investigación que dio como resultado el hallazgo de algunos "ídolos" ocultos y la adoración a Tezcatlipoca. Se abrió el juicio de los "culpables". Sentenciaron a tres de ellos a comparecer en la iglesia, amordazados, con corozas en la cabeza, hechas de papel en forma de cono alargado, con figuras pintadas concernientes a su delito, con velas encendidas en las manos, que iluminaban débilmente sus contritos rostros. Debían estar de pie durante la misa y escuchar un sermón acerca de sus errores y luego renegar de ellos públicamente. Se les advirtió que si reincidían serían enviados a la hoguera. Sus propiedades fueron confiscadas. Al día siguiente los raparon y les propinaron cien azotes a cada uno en el mercado público de México, mientras los frailes echaban a las llamas los ídolos y atavíos encontrados.

Otro caso atendido por Zumárraga fue el de Ocuiteco, poblado de donde tuvo noticia que había "un libro grande de cuatro dedos de alto" de letras, que "no eran como la nuestra", en "un papel bien viejo y antiguo", en posesión de un antiguo sacerdote que ahora se dedicaba a cantero y tallaba imágenes en piedra. La investigación dio como resultado que el cacique de Ocuiteco, bautizado con el nombre de Cristóbal, su esposa Catalina y su hermano Martín fueron encontrados culpables de tener imágenes de Tláloc y de Chicomecóatl. Tuvieron que confesar que mucha gente enterraba "ídolos" y los custodiaba, y que en toda la zona existían numerosos hechiceros, dando nombres y lugares.

Zumárraga dictó su sentencia. En un día festivo los tres debían estar descalzos y de pie durante toda la misa, llevando velas encendidas en las manos. Al día siguiente recibirían cien azotes cada uno en la plaza pública de Tenochtitlan. Ése no fue todo el castigo; Cristóbal y Martín fueron sentenciados a tres y dos años, respectivamente, de trabajo en las minas, con pico y pala, en una cuadrilla de presos encadenados entre sí, y se les exilió de Ocuiteco por ese tiempo. Además tenían que pagar los costos del proceso. Sus servicios fueron pregonados en subasta pública en la plaza durante cuatro días, al cabo de los cuales un castilla los alquiló por doce pesos de oro de minas anuales cada uno, dinero que se depositó en los caudales de la iglesia.

Otro caso fue la investigación de un gran centro ceremonial en la ladera sur del volcán Popocatépetl, en un cerro llamado Teocuicani, "el cantor divino", lugar desde donde se escuchaban y veían grandes truenos y relámpagos, cuyo fuerte sonido espantaba a los habitantes. Se rumoraba que allí se realizaban sacrificios humanos en un templo llamado Ayauhcalli, "la casa de descanso y sombra de los dioses", donde se decía que estaba una gran figura divina de color verde, tan grande como un niño de ocho años, enterrado en ese cerro junto con joyas de oro y chalchihuites preciosos. Esta vez la investigación casi no produjo resultados.

A nuestras mujeres también se les juzgaba, como aquella encontrada culpable de ser curandera, de efectuar brujerías con los pacientes y de invocar a Tezcatlipoca. Fue condenada a estar de pie en una misa, con una vela en las manos y coroza en la cabeza, para después llevarla a lomos de una mula por las calles de la ciudad al tiempo que le propinaban cien azotes en la espalda desnuda y el pregonero iba voceando sus "delitos".

La pena de trasquilación así como la de azotes sobre una bestia de carga no se impone a los castilla, sólo a nosotros y a los negros. Por lo general propinan de cien a doscientos azotes al culpable, que va montado sobre una mula que llevan por las calles del poblado, o en la plaza pública un día de mercado; debe ir con las manos y pies atados, una soga en la garganta, y la mínima ropa "decente", al tiempo que se van pregonando sus delitos. La confiscación de bienes es muy común.

A pesar de los castigos, los dioses siguen viviendo en muchos corazones, aunque sea solamente en adoración silenciosa a los que han ocultado bajo las cruces, o embebidos en los altares de los castilla, mientras pretendemos orar a los suyos. Nuestras viejas prácticas aún se efectúan en los montes, en lugares aislados y solitarios, donde todavía hay santuarios en pie. A veces, por las noches, se escucha el resonar de las caracolas y de los tambores que acompañan a las danzas y los cantos sagrados. Lo que cesó casi por completo fueron los sacrificios humanos, aunque circulaban rumores al respecto. Yo no fui testigo de ninguno. Es cierto que ante la muerte, o más bien asesinato, de muchos de nuestros sabios, abundan ahora quienes, sin tener su conocimiento, predican sólo para sacar provecho propio, explotando las supersticiones del pueblo.

Las prohibiciones aumentan día a día. Está prohibido realizar danzas de noche, mientras que las que se hagan de día no deben ser antes ni durante la misa mayor; está prohibido portar insignias y divisas que representen nuestras cosas pasadas; está prohibido entonar los cantos de antes; sólo se permiten los que nos han enseñado los religiosos, bajo pena de cien azotes por cada vez; está prohibido usar máscaras antiguas en las danzas permitidas; está prohibido usar cualquier cosa que pueda ser causa de sospecha, etcétera.

XXVIII

Los castilla están alarmados por la supervivencia de nuestra religión; ¿acaso pensaban que sería tan fácil terminar con nuestras creencias que vienen desde que hubo luz, desde que hubo vida? Movidos por su miedo, decidieron que era tiempo de enviarnos un mensaje decisivo y ejemplar. Seleccionaron como víctima a nuestro tlatoani, el soberano de Acolhuacan, el gran Chichimecatecuhtli, conocido por nosotros como Ahuaxpitzatzin Ometochtzin Yoyontzin Ixtlilxóchitl, llamado por ellos don Carlos, nieto del gran Netzahualcóyotl e hijo del gran Nezahualpilli. Recuerdo con detalle este terrible acontecimiento, que nos conmovió a todos hasta el fondo del corazón. Supimos los pormenores gracias a uno de los intérpretes nativos que nos los relató, y fuimos testigos de su desenlace final.

Tras el triunfo de los castilla, Ometochtzin, que para mí ése es su nombre, y no don Carlos, fue puesto bajo la protección de Hernán Cortés. Bautizado por los primeros frailes, lo educaron en uno de sus conventos, junto con otros hijos de principales, de donde pasó al colegio de Tlatelolco. Más tarde tuvo dos hijas con su sobrina, hija de su hermana, matrimonio que los castilla rechazaron por ser parienta muy cercana, por lo que tuvo que dejarla para casarse con otra.

Empezaron a correr rumores de que intentaba alzarse contra los extranjeros, que tramaba una conjura con los señores de México, de Tacuba y de Tula.

Los frailes convencieron a un cuñado del tlatoani, un tal Francisco Maldonado, principal de Chiconautla, sobrino de Ometochtzin, de presentar una denuncia. Francisco estaba casado con una hermana de Ometochtzin. Zumárraga acudió en persona a la iglesia de Tlatelolco a recibir la delación. En resumen, Francisco adujo que en los primeros días de junio Ometochtzin fue a Chiconautla a visitar a su hermana. La región padecía una gran sequía y la peste se propagaba, por lo que el padre provincial exhortó a sus feligreses nativos a rezar e implorar el auxilio divino y a realizar procesiones. Ometochtzin se burló de tales exhortaciones, al igual que de las enseñanzas de los frailes; afirmó que sólo engañaban a la gente, que tanto sus argumentaciones como las del virrey carecían de importancia; que la enseñanza que daban en los colegios no tenía valor alguno y era perfectamente correcto que los nativos tuvieran su propio modo de vivir y de profesar su culto. En una arenga pública había dicho:

¿Quiénes son éstos que nos deshacen y perturban y viven sobre nosotros y los tenemos a cuestas y nos sojuzgan? Pues aquí estoy yo, y allí está el señor de México, y allí está mi sobrino, señor de Tacuba, y allí está el señor de Tula, que todos somos lo mismo, y no se ha de igualar nadie con nosotros. Ésta es nuestra tierra, nuestra hacienda, nuestra alhaja y nuestra posesión. El señorío es nuestro, sólo a nosotros pertenece. Quien viene aquí a sojuzgarnos no son nuestros parientes, ni de nuestra sangre, y se nos igualan, pues aquí estamos y no ha de haber quien haga burla de nosotros. ¡Oh hermanos, estoy muy enojado y sentido! ¿Quién viene aquí a mandarnos, a prendernos y a sojuzgarnos? Entiéndanme, hermanos, yo guardo las palabras de mi padre y de mi abuelo, sólo eso sigamos. ¿Qué dicen los padres? ¿Qué nos dicen? ¿Qué entienden ustedes? Miren que los frailes y clérigos, cada uno tiene su manera de penitencia; por lo tanto, que cada uno de nosotros también siga la ley que quiere, sus propias costumbres y ceremonias.

Ante la importancia del caso, Zumárraga fue a Chiconautla a investigar lo revelado por Francisco. Interrogó a muchos testigos, tanto en Chiconautla como en Texcoco, entre ellos a la esposa e hijo de Ometochtzin, a su hermana Inés, al gobernador y a varios principales.

Los testimonios revelaron que Ometochtzin afirmaba que su padre y su abuelo habían sido profetas; que se comunicaban con él y le daban instrucciones sobre cómo gobernar; que fue Netzahualcóyotl quién le dijo que debía seguir practicando el culto nativo.

Su mujer declaró que no tenía conocimiento de la presencia de ningún "ídolo" en su casa ni vio a su marido sacrificarles ni hacerles ofrendas. A través de los testimonios no se llegó a probar el cargo de idolatría, pero sí su renuencia a cumplir con la nueva religión: nunca asistía a ninguna práctica religiosa ni a misa; su hijo no sabía nada sobre la fe cristiana, ni siquiera persignarse; su padre le ordenaba que no fuera a la iglesia. Se atestiguó que Ometochtzin llevaba una vida licenciosa y que había incitado repetidamente a sus súbditos a no seguir las enseñanzas de los frailes, a las que tildaba de odiosas, a no aprender la doctrina cristiana; de acusar a los clérigos de disipación, de inmoralidad sexual y de concubinato; de decir que la confesión era un mal chiste, pues eran los frailes y no Dios quienes querían oír los pecados; de afirmar que debían seguir aquello que tenían; las enseñanzas de sus antepasados, y vivir de la manera que ellos vivieron; que los españoles tienen muchas mujeres y se emborrachan, sin que se lo impidan los frailes; se le acusó de burlarse de sus reprimendas y predicaciones, de preguntar por qué los nativos no habían de vivir como los castilla lo hacen; de decir que el concubinato es una tradición nativa que debe continuar; de dormir con su sobrina Inés siempre que lo deseaba; de favorecerla sobre su esposa legítima, de darle vastas propiedades, mientras su esposa vivía muy reducida. Inés admitió ser su concubina y tener un hijo suyo.

Su hijo Antonio, de diez u once años, declaró que no se había criado en un convento porque su padre se lo había prohibido: que no sabía la doctrina cristiana, ni persignarse ni santiguarse, ni las oraciones más comunes, como el *Pater Noster*, el credo o el avemaría.

Doña María, viuda de Pedro, un hermano difunto de Ometochtzin, declaró que éste le había hecho solicitudes indecorosas cuando ella aún estaba de luto; que había hurtado la herencia dejada por Pedro a sus hijos; que rondaba su casa de noche haciendo horripilantes ruidos para asustarla por haberse negado a ser su concubina. Las sirvientas confirmaron esta versión. Ometochtzin admitió hacer esas visitas, pero dijo que sólo eran para conversar con ella.

Por más que hurgó, Zumárraga no pudo encontrar testimonios definidos ni evidencias de que Ometochtzin hubiera practicado la idolatría y menos aún participado en sacrificios humanos. A pesar de ello, ordenó aprehenderlo y confiscar sus bienes; éstos eran tan cuantiosos que seguramente ésa debió de ser una de las razones principales de su aprehensión, bien conozco la codicia de los castilla. Pero sobre todo temían que pudiera liderar una poderosa resistencia, ya que gozaba de gran prestigio e influencia entre todos nosotros y estaba emparentado con numerosos señores. Para empezar, se decretó que se le desconociera como señor de Texcoco y se nombró a uno de sus sobrinos en su lugar.

Tras un minucioso registro de sus propiedades, encontraron en una de sus mansiones algunos "ídolos" ocultos, entre ellos imágenes de Quetzalcóatl, de Xipe Tótec, de Tláloc y de Coatlicue, así como indicios de su culto y un libro de papel amate. Ometochtzin afirmó que ésa había sido la residencia de su difunto tío, que se había cerrado desde que falleció.

Finalmente los cargos se limitaron a dos principales: dogmatizar heréticamente contra la fe e idolatría.

Se le concedieron treinta días para formular su defensa. A través de su abogado negó haber idolatrado o cuestionado la fe, ni dogmatizado en su contra, ni calumniado al clero; afirmó haber animado a sus vasallos a ser buenos cristianos; aceptó tener como manceba a su sobrina Inés. Dijo que su acusación provenía de sus enemigos, debido a sus propios intereses.

Zumárraga se mostró dudoso acerca de la sentencia a dictar; por un lado, Ometochtzin era un nuevo converso; como tal, no se le debían aplicar las penas más severas; por otro, quería hacer un escarmiento. Acudió a la Audiencia a solicitar su parecer, así como a la cabeza de los otros frailes, los dominicos. Se decidieron por la sentencia de muerte bajo el cargo de "hereje dogmatizante", por intentar convencer a los demás de su error, por volver a lo que llamaron "su vida perversa y herética" de antes de ser cristiano. Condenado por la iglesia, fue remitido a las autoridades civiles, quienes decretaron que debía ser quemado en la hoguera. Hubo una gran desproporción entre los cargos y la sentencia, una gran injusticia; por esos mismos cargos a otros se les daban penas sólo de azotes. Los frailes hipócritas aducían que ellos no podían condenar a muerte, pero sabían muy bien que de acuerdo a su fallo ésa sería la pena aplicada por los civiles.

La noticia se esparció, provocando gran malestar y descontento. Fue un sábado cuando el pregonero anunció que el auto de fe, como le llaman a sus atrocidades, iba a efectuarse al día siguiente y todo el mundo, tanto castillas como nativos, deberían estar presentes so pena de excomunión. Habíamos examinado el asunto en nuestro grupo, discutiendo si debíamos tratar de provocar una revuelta o no. Decidimos que no era el momento; muchos morirían, pues no teníamos más que las uñas y las coas para defendernos, y nuestro movimiento se debilitaría demasiado.

Mixcóatl y yo, que estábamos en las cercanías de Tenochtitlan, nos dirigimos a la ciudad para ver el suceso con nuestros propios ojos.

Nuestro señor Ometochtzin fue conducido de la cárcel de Zumárraga a la plaza pública de México, donde una multitud lo esperaba, nosotros mezclados entre ella. El tlatoani entró, precedido de los consabidos guardias y frailes, delante y detrás de él. Caminando justo enfrente de él, un acólito cargaba una cruz verde. Ometochtzin marchaba muy erguido, obligado a llevar una coroza en la cabeza y vestir un sambenito de impenitente que le cubría todo el torso, excepto los hombros, desde el cuello hasta la cintura, en el que estaban pintadas varias escenas de espíritus en el infierno, en medio de grandes llamas, torturados por sus diablos; cubría sus piernas un pantalón blanco; no le permitieron vestir el maxtle como lo solicitó, por ser "indecoroso", y llevaba una candela prendida en la mano. Llegó con gran dignidad hasta el cadalso, que estaba casi a ras del suelo. En un estrado próximo se sentaron las autoridades, a la sombra de un palio carmesí, entre ellas el virrey Antonio de Mendoza, los miembros de la Audiencia, así como Zumárraga y otros altos dignatarios civiles y eclesiásticos.

Una vez que Ometochtzin llegó a la tarima del cadalso permaneció de pie junto al verdugo; la estaca donde sería amarrado destacaba ominosamente sobre el cielo azul; cubría su base hasta una buena altura una gran cantidad de leña. La mirada de nuestro tlatoani se perdía en el infinito, tranquila, serena.

Zumárraga predicó el sermón de costumbre; exaltó las bondades de su religión y condenó la nuestra, llena, según él, de engañifas de Satanás. El secretario leyó la sentencia, que especificaba los supuestos errores, actos y palabras heréticas del condenado. Un fraile la tradujo al náhuatl. Al término de la lectura, un gran silencio llenó la gran plaza, interrumpido tan sólo por el aletear de algunas palomas que cruzaban raudas los cielos, indiferentes a la tragedia que se escenificaba bajo ellas. De pronto, sobresaltando a la multitud, las campanas de la iglesia rompieron a tocar. El cielo era de un puro azul; el sol brillaba; ni una nube se interponía entre Tonatiuh y nosotros, como si este, nuestro Quinto Sol, le diera la bienvenida a quien pronto moriría como un valiente guerrero, invitándolo a unirse a quienes lo acompañan en su viaje diurno.

Ometochtzin fue atado a la estaca. Un fraile preguntó por última vez si se arrepentía, en cuyo caso se le daría garrote, sería estrangulado allí mismo por medio de una pequeña soga apretada a la garganta por un torniquete, enseguida se quemaría su cuerpo. Una muerte más misericordiosa, según decían. Ometochtzin, como el gran señor que era, se negó a abjurar, aunque los frailes esparcieron el rumor de que lo había hecho. El verdugo esperaba, con una tea encendida en la mano. A una señal del virrey la bajó hasta el montón de leña, prendiéndole fuego por varias partes, apartándose en seguida antes de que el calor se volviera insoportable.

Huehuetéotl, señor del fuego, tuvo misericordia; la leña estaba seca y pronto las llamas envolvieron el cuerpo de Ometochtzin; de sus labios torturados surgió un gran grito final, que nos estremeció hasta los huesos, mientras de nuestros ojos corría un riachuelo silencioso e inagotable de lágrimas. Pronto se desvaneció, asfixiado por el humo que subía en espesas bocanadas hasta su rostro. En silencio pronuncié una plegaria por mi señor: "Despierta, ya ha enrojecido, la aurora está en su apogeo. Ya el ave con colores de fuego ha cantado, el ave de color de flama; ya vuela la mariposa de color de llama".

Ometochtzin tendría unos treinta años de edad. La multitud se dispersó en silencio. Más tarde sus cenizas fueron esparcidas por el viento.

Poco después de su muerte se inició una gran cacería de "ídolos" en todo Texcoco, en cuyo trono los castilla habían impuesto a un hermano ilegítimo de Ometochtzin.

XXIX

Mixcóatl y yo sabíamos que estábamos en peligro; nuestra fama era grande en la región y no faltaban los espías y delatores. Nos llegaron rumores de que los castilla estaban tras de nosotros; nos tildaban de agitadores; nos acusaban de obstaculizar sus trabajos, de mantener a los nativos alejados de la fe católica. Sólo faltaba un traidor que nos delatara, algún envidioso o algún enemigo. Disfrutábamos de la amistad e incluso de cierta protección de varias personalidades, gracias a que las habíamos auxiliado con nuestros servicios médicos. Entre ellos nada menos que Pablo Xochinquentzin, gobernante de Tenochtitlan, nombrado por los castilla, a quien curé de sus males. Mi nombre corría de boca en boca por todo la región de Tenochtitlan, de Puebla, de Tlaxcala, de Texcoco, de todo el valle de México y más allá, en Coatepec, en Papantla. También me buscaban por mis habilidades adivinatorias, tanto los nuestros como los castilla. Mi hermano y yo ya poseíamos una pequeña fortuna en tierras, animales, joyas, mantas, textiles y otros bienes. Siempre procuramos ser generosos con los nuestros, así como darles buenos consejos, por ello nos encubrían cuando era necesario.

Un tal fray Antonio de Ciudad Rodrigo estaba muy pendiente de mis pasos. Le contaron que yo hacía frecuentes visitas nocturnas al lago de Texcoco, donde quemaba copal y pronunciaba formulas ocultas; le decían que allí el "demonio" se me aparecía para aconsejarme; que yo aseguraba ser inmortal, tener poderes de adivino y poder predecir el futuro; ser un nagual capaz de convertirme en ocelote, en jaguar, en joven o en viejo a voluntad; que tenía muchas mujeres; que me hacía llamar Telpuche, uno de los nombres de Tezcatlipoca, y que bajo esa forma me adoraban; que incitaba a los nativos contra el catolicismo; que había dicho que dos espíritus, de dientes largos, grandes uñas afiladas, de rasgos espantosos, habían bajado del cielo a informarme que los frailes se convertirían en Tzitzimime, seres horribles del demonio, que descenderían sobre la Tierra para devorarlos a todos.

Fray Rodrigo me amenazó y advirtió varias veces que dejara la idolatría. Para escarmentarme me obligó a tomar una sola mujer, a dejar a mis concubinas, y a casarme de acuerdo con sus ritos. Para ello convocó a los nativos de Texcoco y sus alrededores como testigos de la boda; en la celebración me hizo subir al púlpito, abjurar de mi vieja fe, renunciar a mi estilo de vida malvado y jurar seguir los mandamientos de la Iglesia católica.

Los frailes han llegado a extremos tales como obligarnos a dejar nuestras mujeres. Según ellos, sólo podemos tener una; aducen que tener más es pecado, aunque vemos cómo todo el tiempo los castilla, sean clérigos o no, tienen a varias mancebas y amantes.

Por orden de los frailes, previamente a la boda, tuve que ir al convento, junto con mis mujeres, de las cuales tenía que escoger una como única esposa. Difícil decisión. Pero bajo las nuevas normas tuve que quedarme con la primera, a la que bautizaron como Catalina.

Al principio nos dejaban elegir libremente con cual quedarnos, mas pronto se dieron casos de quienes aprovechaban esta circunstancia para deshacerse de sus mujeres viejas y quedarse con la más joven y bonita. Ahora teníamos que ir ante los frailes con toda la familia para que atestiguaran cual había sido la primer mujer, que debía ser con la que nos quedaríamos. Como muchos mienten de acuerdo con sus intereses, las declaraciones se hacen delante de algunos habitantes de la aldea, que nos conocen a todos y pueden verificar nuestros dichos.

Pero no iban a poder domeñar mi corazón. Seguí con mi vida de siempre, aunque con más cautela. También Mixcóatl proseguía con sus actividades, las que tenía muy bien organizadas. Antes de entrar a un pueblo, sus ayudantes se adelantaban para anunciar su visita. Los seguían bandas de discípulos, que también vendían el copal y el papel pintado necesario para el ritual. Muchas veces los del pueblo lo recibían desde antes de la entrada, con grandes enramadas y sartales de flores. Mixcóatl les decía que no tuvieran miedo, que sus siembras prosperarían y las cosechas serán abundantes si se lo pedían a Tláloc. Le daban comida, sartales de flores, cantaban y danzaban. Por la tarde salían en procesión, él al frente, y ofrecían papel pintado a las nubes. Él les pedía reunirse por la noche, cuando prendían un sahumerio grande de piedra al que arrojaban puñados de copal y todos comulgaban con teonanácatl, el hongo sagrado. Cuando empezaba a hacer efecto se iniciaba el ritual; Mixcóatl ponía la mano en el suelo, la pasaba varias veces sobre el fuego, tomaba copal, lo ofrecía a los dioses, lo desmoronaba y lo arrojaba a las brasas. Hacía tiras los papeles pintados, llevados como ofrendas por los participantes, y los quemaba poco a poco junto con un poco de hule y de la hierba iztachuyatl; luego iniciaba una danza sagrada en las que todos participaban, acompañados de tambores y caracolas.

Como iba a los lugares donde sabía que llovería, era común que ello sucediera al día siguiente, con lo que su fama se acrecentaba. Si, por el contrario, se trataba de que no lloviera, realizaba ceremonias parecidas, utilizando esta vez plumas coloradas de papagayo, que decía alejaban a las nubes.

Por este tiempo muchas veces él y yo andábamos cada quien por nuestra parte. En una de esas ocasiones el destino lo alcanzó.

Debido a su popularidad, crecía la alarma de los frailes y de los castilla, de tal modo que ya no podían permitir que siguiera adelante. Convencieron a uno de sus señores peleles, un don Juan, cacique de Xinantepec, para que denunciara a Mixcóatl. Los cargos eran graves: se le acusó de presumir que tenía poderes sobre los vientos; de ir de pueblo en pueblo haciéndose pasar por un hombre-dios invocando lluvias, heladas y granizo, o de alejar las lluvias; de efectuar curas con brujería (aunque eso más bien era mi asunto, Mixcóatl también efectuaba curas); de realizar ceremonias para invocar beneficios o perjuicios, por lo que recibía remuneraciones de tierras, casas, maíz, mantas, ocote, algodón; se le acusó de que en algunas partes le cedían a las hijas para que las preñara; de que en todos los sitios a donde iba hacía comer hongos del demonio a la gente y que él mismo los ingería; de haber dicho que mandó un mensajero a Castilla para que le informara quién era el tan mentado emperador español y sólo esperaba su regreso para iniciar la guerra contra ellos; de que él y yo habíamos encargado recoger mil seiscientas puntas de flecha para combatirlos; de hacer sacrificios rituales a Tláloc; de haber afirmado que el diablo le hablaba en sueños y le decía qué hacer; de asegurar que podía cambiar la dirección de las nubes; de que si la gente se le oponía podía hacer caer fuertes lluvias que inundaran la región; de que comía hierbas que le provocaban visiones y le ayudaban a comunicarse con el diablo; de presumir de ponerse en el fuego sin quemarse; de hacer uso de numerosas cuevas llenas de ídolos donde realizaba sacrificios; de ser adversario violento de los frailes y de la fe cristiana; de predicar abiertamente en contra de los cristianos; de incitar a los nativos a rechazar el bautismo y a rehusarse a aprender la doctrina; de que recitaba su credo en una parodia blasfema y muchas otras estupideces.

Tras un corto juicio lo condenaron. Yo asistí, mudo, a su castigo. Fue llevado a lomo de un burro a la gran plaza de Tenochtitlan, donde lo trasquilaron y le dieron cien azotes mientras el pregonero declaraba sus delitos. Después lo llevaron a muchos de los sitios donde había practicado su arte, en los que lo volvían a azotar. Posteriormente lo encarcelaron en el convento de México, donde debía pasar un año, oír la doctrina y hacer penitencia. Pronto me le reuniría allí mismo. Sus bienes fueron confiscados y subastados, y el producto pasó a las cajas de la Inquisición.

XXX

Puedo entrever el futuro, es uno de mis dones, no por brujería ni pactos con los demonios, como dicen aquéllos, simplemente se me da. Puedo ver que la religión que tratan de implantar nunca será en esta tierra como lo desean. Será una religión nueva. Ni castilla ni nativa, sino una mezcla de ambas, porque solamente mezclando la nuestra con la suya logrará sobrevivir nuestra tradición, nuestra herencia, nuestras creencias. Esto los frailes no pueden verlo ni entenderlo, y sin embargo, en su intento de evangelizarnos, están haciendo todo lo posible por que así suceda. Los ejemplos abundan: muchas de las fiestas de sus dioses o santos las hacen el mismo día en que celebrábamos alguna de nuestras divinidades con el fin de suplantarlas; las procesiones de sus santos están copiadas de las nuestras, sólo cambian las imágenes, las palabras de los cantos y algunos otros detalles menores; las estatuas de sus dioses llevan dentro, sin que lo sospechen, una efigie de los nuestros, puesta allí por los artesanos; en su Viernes Santo los frailes nos hacen acompañar la imagen de Jesusmaría al cerro de la Estrella, en conmemoración, dicen, de cuando lo mataron en la cruz, pero es en ese mismo lugar donde los mexica realizaban la ceremonia del Fuego Nuevo, sacrificando a un joven; una que llaman santa Prisca, que murió decapitada, remplaza ahora a Xilonen, diosa de la mazorca tierna, en cuya fiesta anual una doncella era decapitada; en uno de nuestros venerados santuarios, en el Tepeyac, donde se adoraba a nuestra madre Tonantzin y donde se hacían peregrinaciones, los frailes dicen ahora que su virgen María se le apareció a un tal Juan Diego, que quien sabe quién será, y ya levantan allí una capilla; construyen sus conventos e iglesias en los sitios donde antes estaban los nuestros; en las faldas de los montes Matlalcueye, cerca de Tlaxcala, había un santuario a Toci, madre de los dioses, nuestra abuela, protectora del embarazo y del parto, ahora es allí donde los frailes han fundado un convento dedicado a una tal santa Ana, que dicen es madre de la Virgen y por ello abuela de Jesusmaría y de los cristianos; en Chalma adorábamos a Oztetéotl, señor de las cavernas, donde se hacían peregrinajes cada año, ahora allí mismo los frailes agustinos construyen una iglesia, pues afirman haber encontrado en ese sitio un crucifijo milagroso; siempre anteponen el nombre de uno de sus santos al nombre de nuestros pueblos, escogiéndolo de manera que se parezca al dios local; así, san Miguel remplaza a los dioses guerreros; santa Lucía, a las diosas del amor; santa María, a las diosas madres; santo Tomás, a Quetzalcóatl.

Así es como se aprovechan de la orfandad en que nos han dejado. Carentes de todo sustento, mucha gente se acoge a las faldas de sus vírgenes, a las rodillas de sus cristos, a los milagros de sus santos, a la esperanza de una vida mejor después de la muerte, tras la miseria que nos hacen sufrir en ésta.

Pero también es así como buena parte de nuestra cultura sobrevivirá, agazapada, aparentando cubrirse con el manto de los castilla, esperando días mejores para resurgir.

XXXI

Tras la detención de Mixcóatl, sabía que pronto llegaría mi turno. Tomé precauciones extras. Pero llegó un día que recuerdo como si fuera hoy. Estoy en Tlanocopan, en la provincia de Texcoco, en compañía de algunos de nuestro grupo, de dos principales y siete de los viejos sacerdotes del lugar. Nos dirigimos a una quebrada al pie de la sierra, en busca de la entrada a una cueva que conocíamos. Es de noche. Nos alumbramos con teas. Entramos a la cueva. Dentro, ocultas bajo unas piedras, están las cosas que podemos necesitar para nuestros rituales: máscaras, imágenes divinas envueltas en mantas, orejeras, sahumerios, copal, papel pintado, hierbas secas, plumajes de diversos tipos y colores, cacao.

Sentados en semicírculo sobre el suelo, utilizando puntas de maguey y pequeñas navajas de obsidiana, nos sangramos las orejas, los antebrazos, los muslos; asperjamos la sangre sobre la hoguera prendida en el centro; invocamos a nuestros dioses; ofrecemos copal, papel pintado. Después ingerimos una dosis de teonanácatl. Al son de los tambores y los cánticos pronto caímos en trance, hasta que el sueño nos venció.

Apenas si apunta la claridad en la entrada de la cueva cuando uno de nuestros vigías, que siempre los poníamos, entró gritando con gran alarma.

—¡Ya vienen! ¡Ya vienen los castilla! ¡Huyamos!

Nos pusimos de pie a toda prisa, escondimos los objetos rituales, salimos de la cueva y nos dispersamos. No muy lejos se oían los perros de caza. Al ir bajando por un empinado sendero tropecé con una raíz. Caí al suelo. Traté de pararme, el dolor me lo impidió: tenía el tobillo torcido. Me arrastré a gatas hasta unos matorrales, tratando de esconderme, tratando de calmar los resuellos agitados de mi respiración. Los ladridos se aproximaron: no había manera de burlar el olfato de los mastines. Rodearon los matorrales ladrando como locos hasta que llegaron sus amos, tres castilla armados.

—¡Sal de allí, diablo! No tienes escapatoria.

Tuve que salir. Apoyado en dos de ellos, renqueando, me condujeron a la iglesia más cercana, donde fui reconocido.

—¡Al fin caes, Ucelo! —dijo muy ufano el clérigo—. Esta vez serás enjuiciado por idólatra y dogmatizante. Ya encontramos tu cueva y todos los objetos que ocultas en ella.

Me enviaron a Tenochtitlan. Zumárraga ordenó meterme en la misma celda que Mixcóatl, donde estuvimos juntos por un tiempo hasta que se lo llevaron a cumplir su penitencia.

Comenzaron entonces las pláticas-interrogatorios de que me hizo objeto Zumárraga hasta que se cansó de mí; parece haberme olvidado. Ni siquiera se molestaron en meter un embustero en mi celda, como lo suelen hacer, uno supuestamente acusado que se gana la confianza del otro preso para sacarle información o una confesión; supongo que Zumárraga consideró innecesario hacerlo conmigo.

XXXII

Los dos conocidos soldados castilla irrumpen en mi celda.

—¡Ucelo! ¡Vendrás de inmediato a la presencia de su señoría!

Me levanto de mi echadero de paja podrida. Cruzamos los pasillos y entramos al despacho de Zumárraga. Esta vez tenía más compañía. A sus lados estaba un fraile intérprete y el que luego supe era el fiscal acusador, un tal Alonso Núñez. Los guardias se colocaron a ambos lados de la puerta.

—Ucelo —dijo Zumárraga con voz enérgica—. He intentado muchas veces hacerte entrar en razón, convencerte de que dejes las enseñanzas del maligno, pero todo el tiempo te has mostrado renuente, provocativo y contumaz. No me dejas más remedio que someterte a proceso, no sea que tu mal ejemplo cunda por doquier.

—Como usted lo quiera, su señoría. Nunca he esperado comprensión de parte de los castilla.

—Los testigos ya han hecho sus declaraciones, y todas te incriminan.

A los procesados no se nos permite vernos cara a cara con los testigos, aunque sí refutarlos, y eso es lo que exigí. Mi proceso fue poco usual; por lo general, éste empieza pocos días después del arresto, pero como mis bienes ya habían sido embargados no tenían mucha prisa.

Los testigos sacaron en mi contra falsedades desde los tiempos de Moctezuma; decían que éste me había mandado cortar en pedazos, y que no sólo sobreviví, sino que volví a quedar entero, o que me les fui de las manos y aparecí luego cerca de allí riéndome de los guardias. Se me acusó de ser un diablo, el mayor de la región, un gran hechicero; de pretender ser un nagual; de saber el porvenir; de tener muchas mujeres; de alborotar a los indios embaucándolos en idolatrías; de ser persona perniciosa; de concubinato; de haber celebrado ritos para combatir la sequía; de idolatría; de brujería; de que pretendía ser "hombre-dios", la cobertura viviente del fuego sagrado; de que en todos los pueblos me tenían en mucho y me temían; de que había dicho que los nativos no deben vivir bajo la ley de los cristianos, de afirmar que después de la muerte no hay nada y por ello debemos vivir alegres, gozando de comida, de bebida, de las mujeres de los vecinos y quitarles sus bienes; de enviar a los señores mensajeros de uñas y dientes muy grandes e insignias espantables a decirles que los frailes se volverían Tzitzimime o cosa del demonio muy fea; de que mandé llamar a mi casa a los señores de Tepeaca, Acatzingo y Tecalco, donde les ofrecí una fiesta, los llevé a una bóveda subterránea y les dije que vendría una gran sequía y que debían sembrar antes, luego les entregué unos obsequios a nombre del dios Camaxtle: dos mantas de maguey peludas, un cañuto de colores a manera de espada, unos remos con listones de color gris, que era la insignia de los remeros de México (eso fue cierto, pero poco podían saber mis acusadores acerca de lo que significaban esos símbolos); de darle a un viejo dos mantas para su mortaja pues en un año moriría, lo que sucedió; de ser dogmatizante y de realizar proselitismo a favor de una herejía, y muchas cosas más.

La mayor parte del tiempo me mantuve en silencio. De acuerdo con sus leyes, el acusado debe probar su inocencia y buscar en su conciencia el porqué estaba siendo sometido a juicio. En mi conciencia, son ellos quienes deberían ser juzgados por sus muchos crímenes. El fiscal Pérez me interrogó minuciosamente; algunas cosas las respondí, otras ni siquiera valía la pena hacerlo.

Finalmente, el fiscal pidió que se me aplicara la pena más severa, que podría ser la misma que se le dio a nuestro amado tlatoani Ometochtzin: la de ser quemado vivo, en lo que el corregidor estuvo de acuerdo; sin embargo, fray Antonio de Ciudad Rodrigo declaró que en vista de mi gran "sagacidad, malicia y astucia"; de mi capacidad argumentativa y de mi gran lucidez para embrollar las cosas, y de que él mismo había tratado de corregirme y de enmendarme, consiguiendo tan sólo de mi parte respuestas "muy agudas, como un teólogo", estaba de acuerdo en que merecía un gran castigo, pero que sería mejor enviarme a Castilla, su tierra, para ser allá juzgado por la Inquisición, pues había pasado poco tiempo desde la ejecución de don Carlos Ometochtzin, hecho que había desatado un gran escándalo que llegaba hasta la Corte de España, y que no sería conveniente que su señoría, Zumárraga, pudiera ser objeto de otro semejante. Viendo la acertada propuesta, Zumárraga prefirió remitir el proceso al virrey Mendoza y a la Audiencia, quienes se decidieron por el destierro de la Nueva España y a que me enviaran a Castilla para ser juzgado allá, tal vez encarcelado de por vida por ser yo muy dañoso para los naturales.

Pero antes quieren hacer un ejemplo de mí. Me he negado a retractarme públicamente. No les daré ese gusto, que me quemen si así lo quieren, poco me importa ya.

El día designado para ello me sacan de mi celda y me llevan al patio; me suben a lomos de una mula, las manos y los pies atados; me niego a vestir uno de sus pantalones, visto tan sólo mi maxtle. Soy llevado así a las plazas de Tenochtitlan y de Tlatelolco, precedido por dos castilla armados y un pregonero, que va vociferando mis "errores" en su lengua y en náhuatl. El verdugo, látigo en mano, va un poco atrás de la mula. Los azotes caen sobre mi espalda desnuda. Serán un total de cien. La sangre corre por mis brazos, por mi pecho, por mi espalda, por mis pies, desde las abiertas heridas que deja cada latigazo. Va cayendo al suelo, dejando sobre el polvo manchas carmesí a lo largo del recorrido. El sudor salado de mi frente penetra a mis ojos, escurre hasta mi boca. Intento no doblegarme a cada latigazo que desgarra mi espalda. El dolor recorre mi cuerpo como fuego ardiente. Distraigo mi mente llenándola de odio contra los castilla. De cuando en cuando veo de reojo a quienes, flanqueando los lados de las calles, llenando las plazas, observan mi martirio; los castilla sonríen jactanciosos, refocilándose con mi dolor; los jóvenes educados por los frailes se reúnen en pequeños grupos y gritan a mi paso: "¡Idólatra! ¡Hijo de Satanás! ¡Irás al infierno!"; la mayoría me mira en silencio, sin expresión alguna en el rostro. Repito en silencio una letanía: "Malditos, cuilones, castilla llenos de excrementos, perros de mierda, mierduchas, culotes de corazón torcido". El camino parece eterno. Con gran sentimiento, preveo que éste será el camino de nuestra gente: un camino eterno y doloroso. En la plaza de Tlatelolco no resisto más y pierdo el sentido. Despierto tirado en la paja de mi celda; todo mi cuerpo es una llaga, y aún falta más.

Pocos días después me incorporan a una partida que se dirige a Veracruz, como le llaman ahora a Chalchiucueyehcan, donde seré embarcado con rumbo a su lejano país. Ni siquiera puedo despedirme de mi madre, ni de Mixcóatl, que sigue recluido en la celda de un convento. Por el camino voy diciéndole adiós a mi amada tierra, la tierra del Anáhuac, a la que nunca volveré a ver, donde quedará enterrado mi corazón. La tierra de Anáhuac que ya nunca volverá a ser la misma tierra, aquella de mis abuelos, aquella de mis padres, aquella de mi infancia, de mi juventud, y que ahora yace hollada, pisoteada, destruida por los castilla.

Llegamos al puerto; mis asombrados ojos contemplan la inmensidad de agua que se presenta ante ellos: es la primera vez que veo el mar. El cielo está cubierto por una gruesa capa de nubes grises, que pintan las olas de un color ceniciento, gris al igual que los nubarrones que enturbian mi corazón, grises como esas aguas sin fin que me separarán por siempre de mi gente, de las raíces de mi ser.

Maniatado, subo a la nave por un estrecho puente de madera; llevo una soga al cuello con la que me jalonea uno de los guardias. Desde la cubierta veo cómo los marineros despliegan las grandes velas blancas, que no tardan en ser infladas por el viento. Zarpamos. Veo mi tierra alejarse hasta perderse de vista. Creo que en su crueldad me dejaron en cubierta hasta entonces, para que sufriera ese alejamiento, pues poco después me bajan y me encierran, encadenado, en una pequeña recámara. Pasan así dos o tres días en que me niego a comer, en parte por el mareo que sufro, en parte porque mi deseo es morir antes de llegar a su maldita tierra.

Atardece; la moribunda luz del día se filtra a través de las rendijas de mi encierro. El bamboleo del barco se acentúa cada vez más; la fuerza de los vientos arrecia; escucho el restallar de las velas, sacudidas por sus rachas, así como las voces cada vez más urgentes y alarmadas de la tripulación, voces que parecen ser tanto órdenes como maldiciones, intercaladas con oraciones a sus dioses, que no las escuchan. No tardan en desgarrar el cielo grandes truenos y relámpagos. Se ha desatado una tormenta.

Invoco a gritos a Tláloc; le pido que lance toda su rabia contra esta nave. Invoco a todos los dioses. Les pido que si aún conservan algún poderío no permitan que este barco llegue a Castilla. Que la destruyan conmigo a bordo, que perezcan también ellos, como perece todo lo nuestro. El oleaje aumenta. Como una hoja en la tormenta, la nave es bamboleada de aquí para allá, cae y se eleva sobre las grandes olas, una y otra vez. Todos sus maderos rechinan. El griterío sobre cubierta se acrecienta, se vuelve más desesperado; los ¡hostia, hostia! se dejan oír uno tras otro; ¿estarán maldiciendo o pidiendo eso que llaman comunión cuando sienten que van a morir? Poco me importa.

¡Tláloc, Tláloc, desata contra nosotros tu ira, que los castilla paguen por todo el dolor que han causado! Lo llamo a gritos. Me escucha. Hace justicia. Su furor se desata. Con un enorme crujido, la nave no resiste más; cae de costado desde lo alto de una ola; parece romperse en dos. Nos hundimos. El agua del mar penetra a raudales en mi celda.

Maniatado como estoy; no puedo nadar ni lo intento. Trago bocanadas de agua salada; siento cómo mis pulmones parecen estallar. En un último instante de lucidez, doy gracias a los dioses por haber accedido a mis plegarias.

Me envuelve un remolino acuoso que se va oscureciendo a medida que mi cuerpo desciende hacia el fondo del mar, junto con partes de la nave, lastrado por el peso de los grilletes.

¡Al fin seré libre! Los vientos no desharán mi humo, mi niebla, mi memoria ni mi fama, que perdurarán por siempre en las tierras del Anáhuac. Algún día nuestras raíces, enclavadas en lo profundo de la tierra, darán nacimiento a un nuevo y vigoroso brote de nuestro corazón, de nuestra cultura, de nuestro espíritu, de nuestro ser todo. Y entonces renaceré.

Relación de nombres propios

Acolhuacan. Señorío del valle de México, uno de los tres que componían la Triple Alianza.

Anáhuac. "En el cerco del agua." Topónimo aplicado a las costas, lo mismo que a la zona central de los lagos. Literalmente "en la vecindad de las aguas", o "en la playa", de modo específico aludía al mundo lacustre del valle de México. En sentido más amplio se usó para incluir todas las tierras tras las montañas al oriente. Un tercer uso común era "tierras de la costa", incluyendo las costas del golfo y del Pacífico hasta Nicaragua.

Axayácatl. Sexto tlatoani de México-Tenochtitlan.

Cacamatzin o Cacama. Tlatoani de Acolhuacan, hijo de Nezahualpilli.

Centéotl. Dios del maíz; *cintli*, maíz; *teotl*, dios; es un dios dual, hombre y mujer, o a menudo ya sólo la versión masculina, la femenina pasó a ser Chicomecóatl.

Chalchiuhtlicue. Diosa del agua.

Chicomecóatl. En náhuatl "siete-serpientes", la diosa mexica de la subsistencia, en especial del maíz, principal patrona de la vegetación y, por extensión, diosa también de la fertilidad. Contraparte femenina de Centéotl.

Coatlicue. "La del faldellín de serpientes", divinidad, madre de Huitzilopochtli, diosa de la tierra.

Cohuanacotzin. Tlatoani de Acolhuacan, hijo de Nezahualpilli.

Cuauhtémoc. Último tlatoani mexica de México-Tenochtitlan.

Cuicuizcatzin. Hijo de Nezahualpilli. Soberano pelele de Acolhuacan, coronado tras la prisión de Cacama.

Cuitláhuac. Penúltimo tlatoani mexica.

Huehuetéotl. En náhuatl "dios viejo", dios del fuego.

Huitzilopochtli. "Colibrí zurdo", principal divinidad de los mexica, hijo de Coatlicue.

Itzpapálotl. "Mariposa de obsidiana"; del náhuatl *itztli*, obsidiana; *papalotl*, mariposa; diosa del sacrificio y de la guerra, patrona de la muerte, regidora del paraíso Tamoanchan, líder de las Tzitzimime.

Ixtlilxóchitl. Tlatoani de Acolhuacan, hijo de Nezahualpilli.

Malinche. Nombre dado por los nativos a Hernán Cortés, derivado de Malintzin (Marina), que era su eterna acompañante e intérprete.

Maxixcatzin. Uno de los cuatro señores de Tlaxcala a la llegada de Cortés.

Miahuaxóchitl. Madre del tlatoani mexica Moctezuma Ilhuicamina.

Moctezuma Xocoyotzin. Noveno tlatoani mexica.

Nanahuatzin. Del náhuatl, "bubosito", fue el dios que se lanzó a una hoguera hecha por los dioses en Teotihuacan para convertirse en el Quinto Sol.

Nezahualcóyotl. Tlatoani de Acolhuacan.

Nezahualpilli. Tlatoani de Acolhuacan.

Nuño de Guzmán. Conquistador español, presidente de la primera Audiencia de la Nueva España.

Ometecuhtli y Omecíhuatl. El Señor Dos y la Señora Dos, respectivamente, dioses creadores del cosmos, señor/señora de la dualidad.

Ometochtli. En náhuatl, "dos-conejo", dios del pulque y la ebriedad, venerado bajo la forma de un conejo. Estaba asociado con la fertilidad vegetal y con el viento.

QUETZALCÓATL. "Serpiente emplumada", gran divinidad de la cultura mesoamericana. Dios de la vida, de la luz, de la sabiduría, de la fertilidad y del conocimiento; patrón del día y de los vientos, el regidor del Oeste. Soberano mítico de Tula. Título que usaban algunos sumos sacerdotes.

TECOCOLTZIN. Tlatoani de Acolhuacan.

TETLEPANQUETZALTZIN. Tlatoani de Tlacopan.

TEXCOCO. Capital del señorío de Acolhuacan.

TEZCATLIPOCA. "Espejo humeante", dios del cielo y de la tierra, fuente de vida, tutela y amparo del hombre, origen del poder y la felicidad, señor de las batallas.

TLACAÉLEL (1398-1480 aproximadamente). Hermano de Moctezuma Ilhuicamina, guerrero, pensador, economista, estadista y reformador religioso mexica. Desempeñó el cargo de cihuacóatl o supremo; fue el poder tras el trono durante cincuenta años.

TLÁLOC. Dios de la lluvia.

TLAXOCHIMACO. Mes del calendario mexica, "ofrenda de flores".

TLAZOLTÉOTL. En náhuatl "devoradora de inmundicias", diosa de la tierra, del sexo y el nacimiento.

TLOQUE NAHUAQUE. El dueño del cerca y del junto, aquél que se creó a sí mismo. Divinidad principal nahua, dios de la existencia e inexistencia, creador y ordenador de todas las cosas, creador de la primera pareja de humanos, dios del misterio y lo desconocido implicando un sólo dios creador de todo lo existente.

TONANTZIN. "Nuestra madre venerada"; del náhuatl nuestra (*to-*) venerada (*-tzin*) madre (*n n-*), diosa madre.

TONATIUH. Dios del Sol.

TZINTZICHA. El soberano de Michoacán al tiempo de la conquista, que llevaba el título de caltzontzin.

TZITZIMIME. "Flechas o dardos que penetran"; del náhuatl *tzitzimitl*, flecha. Son divinidades celestiales que intentan continuamente destruir el mundo. Se les considera también estrellas femeninas que tratan de impedir que el Sol salga cada día.

XIUHTECUHTLI. Dios del fuego y del calor.

XOCHIQUETZAL. "Pájaro florido", joven diosa de la belleza, las flores, el amor, el placer amoroso y las artes.

ZUMÁRRAGA, FRAY JUAN DE. Primer obispo de la Nueva España.

Glosario

Calmécac. Loc. de *calmecatl*, hilera de casas; escuela, colegio, institución de educación superior sobre todo para hijos de nobles.

Calpixque. "Guarda casa." Funcionario encargado de algunas agencias en el palacio o templo, en especial de la celebración de las fiestas o parte ritual de ellas y de cobrar los tributos.

Calpulli. Aumentativo de *calli*, casa, es decir "casa grande, sala amplia". Tierras dedicadas a los barrios, tierra comunal para las familias.

Centzontli. Sinsonte, sinsontle, *Mimus polyglottus*. Del náhuatl "pájaro de cuatrocientas voces", pues imita el canto de otras aves.

Chalchihuite. Nahuatlismo para designar a las piedras verdes semipreciosas (náhuatl: *chalchiuhuitl*).

Huey tlatoani. En náhuatl "gran orador", título conferido al tlatoani mexica.

Icpali. Trono, silla, asiento.

Macehual. Campesino.

Maxtle. Especie de taparrabo formado por una larga tira de algodón que se metía entre las piernas y se anudaba en la cintura.

Mictlán. Del náhuatl *mik*, muerte y *tlan*, lugar de; nivel inferior de la tierra de los muertos, adonde van los muertos de muerte natural.

Pinole. De *pinolli*, harina de maíz tostado; mezclada con agua es una bebida.

POCHTECA. *Pochtecatl*, mercader, comerciante.

QUINCUNCE. Figura de un cuadrado en que cada una de las cuatro esquinas indica una dirección geográfica, a la que se añade un círculo en el centro que marca la dirección vertical, simbolizando así la totalidad; se le ha llamado la "cruz de Quetzalcóatl".

TAMEME. Tlameme o tlamama;del náhuatl *mama*, el que carga y *tla*, cosas. Castellanización, tameme.

TEPIXQUE O TEQUITLATOQUE. Oficial menor.

TELPOCHCALLI. "Casa de los jóvenes", escuela para hijos de plebeyos, especie de colegios de cada barrio de la ciudad.

TEONANÁCATL. "Carne de lo divino", parte de los hongos psilocibios de México, *Psilocybe mexicana*.

TEPITONZÁHUATL. Los nahuas la llamaban así, que significa "pequeña lepra". Sarampión, enfermedad traída por los españoles.

TICITL. Médico.

TLACUILO. Del náhuatl *tlahcuil* o *tlacuihcuil*, el que labra la piedra o la madera; escriba, letrado, pintor o sabio.

TLALOQUE. Ayudantes del dios Tláloc.

TLATOANI. Del náhuatl *tlahto ni,* el que habla, orador; título con que se designaba al gobernante.

TLAXOCHIMACO. Noveno mes del calendario mexica.

TONALLI. Entidad anímica alojada en el interior del cuerpo humano; le da calor y gobierna las facultades relacionadas con el movimiento y el crecimiento. Destino de una persona.

TOXCATL. Quinto mes del calendario mexica.

TRIPLE ALIANZA. Asociación formada por México-Tenochtitlan, Acolhuacan y Tlacopan al término de la guerra tepaneca.

XOCOTLHUETZI. Décimo mes del calendario mexicano. "Cuando los frutos caen."

Océlotl, de Jaime Montell
se terminó de imprimir en julio de 2013
en Quad/Graphics Querétaro, S. A. de C. V.,
Fracc. Agro Industrial La Cruz El Marqués
Querétaro, México.